ハヤカワ・ミステリ文庫

〈HM418-1〉

アデスタを吹く冷たい風

トマス・フラナガン

宇野利泰訳

THE COLD WINDS OF ADESTA
by
Thomas Flanagan

Translated by
Toshiyasu Uno
Published 2015 in Japan by
HAYAKAWA PUBLISHING, INC.
This book is published in Japan by
arrangement with
Caitlin Flanagan and Ellen Klavan
c/o ROBIN STRAUS AGENCY, INC.
through TUTTLE-MORI AGENCY, INC., TOKYO.

目次

アデスタを吹く冷たい風

アデスタを吹く冷たい風

The Cold Winds of Adesta

「ヘッドライトが見えました」

若い少尉がいった。「いよいよやってきます」

少尉は毛皮の襟をつけた大外套で、塵埃の条《すじ》がついているガラス窓から、山道のほうを見つめていた。

「ここまで、何分かかる？」

テナント少佐がきいた。

「国境線から五分。その間、監視の眼を逃がれることはできません。ライトは隠せませんから」

テナント少佐は、ポケットから葉巻を出して火をつけた。細巻の葉巻だ。風が哨舎を揺すって、たったひとつの窓を鳴らしている。

少佐は椅子にかけたまま、天井を見上げていた。石油ランプの黄いろい灯が、こころぼそげにまたたいている。その光に浮かび上った少佐の顔は、少尉の眼にも、ひどく老けたものに映った。こけた頬、うすいわし鼻、左の眼は、影にかくれている。

「いつもこんなに荒れるのか？」かれはたずねた。

「ちょうど荒れる季節ですが、今夜はまた特別に荒れるようです」少尉は答えた。「山あいを吹き下ろしてくるせいですか——アデスタおろしといわれるくらいでして」

テナント少佐はだまっていた。歯のあいだに葉巻をきつくくわえ、両手をポケットにつっこんで、窓ぎわの少尉を見つめていた。若い士官は落着かぬようすで、さっきから自動拳銃をいじっている。それを腰にもどしたとき、呼び子が鋭く鳴った。

「バリケードを通過しました」少尉はいった。「まもなく哨兵が停車を命じます」

少尉は哨舎を出ていった。そのあと、テナントは立ち上って、痩せたからだを、窓ぎわに運んだ。こころもち猫背で、足をひきずっている。

窓からのぞくと、哨舎のまえに、カヴァーをかけた大型トラックが駐っていた。満月の光で、ボナレス少尉が、運転手にしゃべっているのが見える。運転手は腹を立てているらしく、両手をふりまわしては怒鳴っている。

ボナレスがかまわず合図すると、兵士が二人、トラックへ走りよった。運転手は車から降りて、少尉といっしょに、哨舎へはいってきた。

——この士官、若いがなかなか心得たものだ。そう考えながら、なおも少佐は、窓から離れなかった。その背後で、ドアがあいた。

月が山肌を照らし、その中腹を、くねくねとうねって、道が走っている。峠の頂き、国境線のむこうには、共和国の哨舎が、あかあかと窓の灯を輝かせている……少佐はふりかえった。

運転手はまるまるとふとった男だ。ふちなし帽と風よけのひさしが、どこかそぐわぬ感じをあたえている。薄すぎるくらいのくちびるに、火の消えた煙草を横ぐわえにしているところが、妙に悪戯っ児めいた印象である。

「この男がゴマールです」少尉がいった。「すっかり顔馴染になりました」

ゴマールは愛想よく、テナントに笑いかけた。うすくあけた眼ぶたの隙間で、少佐は相手のようすを眺めていたが、ふと肩をゆすって、

「葡萄酒を運んでおるのか？」ときいた。

「酒のほかなら、何によらず運びまさ。その少尉さんにきいてみなさるがいい。銃だろうが、麻薬だろうが、お望みとあらば女でもね——なんだろうと、お好み次第ですよ」

「ゴマールは、共和国から葡萄酒を入れております」ボナレス少尉が、代わって説明した。

テナント少佐は窓から離れて、室の中央にもどった。床板がゆるんでいて、音を立てた。眼がやっと、影から出た。疲れたような感じだが、もともと鷹を思わせて油断のならない眸である。

「ゴマール、おれのいうことをきいたがいい。よいことを教えてやるぞ。おれの質問には、はっきりと答えるものだ。素直に答えるのがいちばん利口だということを忘れるな」

「話しておりますぜ」ゴマールは応えた。「あっしァ酒を輸入しておりますんでさ」

「葡萄酒は、この国でもたくさん出来る品物だ。いまさらそんなものを輸入したところで、商売なんかにはならんだろうに」

「あっしの商売は、あっしにまかせてもらいてえですね。この道を通っていけねえのなら、もっと南の道をつかうだけでさ。どの道も許せねえとありゃ、船で運ぶまでのことだ。そろばんにあわずに破産するにしても、なにごとも商売。あんたがたは恨まねえつもりですよ」

「なるほどな」テナントはいった。「それにしても、アデスタ越えは、長いあいだ廃道同然だった。なぜこの道を選んだのか？」

　ゴマールは肩をゆすって、

「便利なものでね。とにかくあっしは、共和国から葡萄酒を入れているんでさ。許可書は両方の国からもらっておりますぜ。どの道を通ろうが、あっしの勝手じゃござんせんか」

「輸入許可書は、どうやって手に入れた？」

「市で、士官さんににぎらせました」

　少尉はぎごちない態度で、彼のそばへよっていった。ゴマールは澄ました顔でポケットからマッチの箱を出すと、消えた煙草に火をつけた。

　テナントは笑いながら、評価を下した。

「変った商人だな、ゴマール。だが、トラックの運転まで、自分でしなけりゃならんのか？」

「もうけが薄いからですよ。それに、あっしゃ夜の空気を吸うのが大好きでしてね」

　そこでゴマールは思いきり煙草をすいこむといった。

「お調べはこのくらいでご勘弁ねがえませんか。その代わり、トラックはご自由にごらんになって」

テナント少佐は、チラッと彼に眼をやっていった。

「そうさせてもらおう」

顔をあげ、眼くばせをして、部下たちといっしょに外へ出た。風が強く、哨舎のドアに、叩きつけられるかと思った。が、少佐は、支えようとする少尉の手をふり払っていった。

「捜査をはじめるがいい。おれはここで、見せてもらう」

ボナレス少尉の命令で、兵士が二人、トラックのカヴァーをはずした。酒だるを下ろすと、ヘッドライトの前の、根雪におおわれた地面に積み上げた。そのたるをひとつずつゆすってみた。トラックの上も調べた。ボナレスの訓練がゆきとどいているのか、中央から出張した上官の前であるからか、兵士の動作は申し分のないものであった。捜索をすませたあと、兵たちは少佐の前で、寒気にしびれた指先をこすっていた。

「どれかひとたる、あけてみろ」テナント少佐はいった。

「そんなことまで！」ゴマールは急に怒りだした。「ゆすってみりゃ、それでわかるでしょうに。なんにしろ、酒か銃かぐれえ、わからんはずはねえ」

「なぜおまえは、銃の捜査だと知っておるのだ？」

「あっしだって、バカじゃねえですからね。この冬のさなかに、わざわざ憲兵少佐さんが、アデスタくんだりまで出張なさるとあっちゃあ、武器の密輸のほかにゃ考えられませんからね」

「たるをあけろ」

テナントが兵士にいった。

「それは少佐」ボナレスがいった。「われわれはそこまで命令されていません。責任を持っていただけましょうか」

少佐はいきなり、そういう少尉のそばへ寄って、その腰の革袋から、自動拳銃をひき抜いた。安全装置をはずすと、なにもいわずに、たるのひとつに撃ち込んだ。酒が奔り出て、血のように赤く、雪を染めた。そして彼は、にぎりを前にして、拳銃を返してよこした。ボナレス少尉は受けとったが、度胆をぬかれたように、ただ茫然としていた。

「こいつァ大損害だ」しかし、ゴマールも案外おちついていた。「なんて乱暴なひとだろう。なんていう少佐さんで？」

「テナント少佐」

ゴマールの眼が、かすかにひらいた。

「それでわかった。あんたは乱暴で評判のおひとだ」

テナントは葉巻を投げすてて、

「おれは乱暴者ではない。気が短いだけだ。町へかえったら、抗議書を出せば、弁償してもらえるのだ。もっとも、書類の山の下積みになると、当分埒があかぬおそれはあるが――」

少佐はふりかえった。兵士たちは、おびえたような眼で、かれの顔を見上げていた。

「荷物を積んでやれ、注意してな。葡萄酒は大事に扱わんと、まずくなる品物だ」

兵士たちが働いて、ゴマールのトラックは動きだした。アデスタの灯を目指して、危険な山道を、まがりくねりながら下っていった。

テナント少佐は哨舎へ戻った。少尉もあとにしたがった。

少佐は、なにもいわずに、窓ぎわに立っていた。ボナレスは、アルコール・ランプで、コーヒーをあたためた。少佐にさし出すと、すぐには口をつけず、その白いコップを、包むように両手で持ってきいた。

「何回ぐらい運んでおる?」

「毎晩です」

「ほう、酒だけで、毎晩か。いつごろからやっておる?」

「はじめまして、二週間になります」

「運ぶさきは?」

「運搬先はいつもおなじ場所——アデスタの町ときまっております。途中では一度も停車しません。ヘッドライトを見ていればわかることです。ホテルのテラスからでも、この哨舎までの道は見とおしがきくはずです」

いいかけてボナレスは、ちょっとためらったが、やがてつけ加えていった。

「われわれが捜索しておりますのは、武器なんでしょうね」

テナントは、じろり、かれを見た。少尉は長身で、年齢はまだ若い。澄んだ瞳が、オリーブ色の皮膚に、黒く光っている。

「そうだ」テナントはいった。「銃なのだ」

「おかしな話ですね。もっとも中央では、われわれ以上に事情を知っていると思いますが——」

「どこがおかしいのだ、少尉？」

テナントはききながら、白いコップを口にちかづけて飲んだ。

ボナレスは、当惑したような顔つきになった。

「それでしたら、われわれの捜査で発見しているはずです。ゴマールが幽霊だとでもいうのならべつですが——」

テナント少佐は窓から離れて、テーブルに歩みよった。その上に、コップをそっとお

くと、

「ゴマールは、むろん幽霊ではない。だが、銃のほうは、まあ、そういったものだ。死んだ連中が持っておったものだからな」

ボナレスは、その話をききかえそうとしたが、思いなおして、ほかの質問に変えた。

「あの男が銃を持ち込んでいるとしたら、少佐殿には、その方法がおわかりですか？」

だが、テナントは首をふっていった。

「町へ電話して、おれの車を呼んでくれ」

若い士官は、また一瞬ためらったが、

「少佐殿――」といった。

「なんだ？」

「わたしでお役にたちますようでしたら、なんなりとご命令くださいませんか」

「なぜきみは、そんなに働きたいのだ？」

ボナレスはほほ笑んだ。気持よいほど明るい微笑だった。

「現在わたしは少尉でありまして、国境線の警備に当っております。ここで功績さえあげられれば、あと二十年のうちには、中尉に昇進することができると思います」

テナントはいった。

「この国では、愛国心にも、それぞれ別個の根拠がある。それを聞いて歩くのが、おれは好きなのさ。いわばおれの道楽だが——まあ、それはあとだ、電話してくれ、少尉」

相手がわるいな、ジャレル大佐は考えていた。実際、テナントぐらい扱いにくい男はない。傲慢で無遠慮。将軍《ジェネラル》の前へ出ても、遠慮はしないという話だ。兵営の窓から、テナントが広場を横切ってくるのが見えた。カンヴァスにくるんだものを持っている。昨日、アデスタに到着したときから、かれはあれを離さない。その内容を知っているだけに、大佐はかるく身慄いを感じた。

午後の太陽の光が、白亜の建物を金色に浸し、広場にまであふれていた。武装した警備兵が、人ごみの中に混じって、なんの屈託もなさそうにうろついている。その人ごみを分けて、少佐が兵営に近づいてくる。禿鷹のように精悍な顔を見ただけで、ジャレル大佐の平静な気持は消し飛んだ。

少佐は、顔にかみそりもあてていないし、ズボンにプレスもしていない。軍服のポケットがふくれかえっているのは、葉巻をつっこんでいるのであろう。軍帽がうしろにずり落ちそうになって、広い額がすっかり皺をのぞかせている。ジャレル大佐は思いだした。将軍《ジェネラル》が政権をとる日まで、軍人はみな、こんな恰好をしていたものだ……

テナント少佐は、足をひきずりながら、部屋へはいってきた。包みをデスクの上におくと、腰をおろした。大佐は窓からふりむいてきいた。

「君は昨夜、ゴマールをつかまえたのか？」

「ゴマールにも会った。酒だるも見た」

「で、銃はなかったのか？」

テナントは首をふって、

「銃はなかった」

「ないだろう」ジャレルはいった。「銃なんか運んでおらんのだから——銃なんかあるものか。この地方に、あるはずはないんだ」

「ゴマールはトラックで、峠を越して共和国に入る。帰りのトラックには、葡萄酒といっしょに、銃が積んである」

ジャレル大佐は吐息を洩らした。昨日聞いた話と、そっくりおなじじゃないか。テナント自身が、昨夜捜査をすませたといっておる——

「どうやって運ぶ？　その方法は？」

ことさらにおだやかな口調で、もう一度、大佐はきいた。

「目下のところは、判明しておらん」

ジャレル大佐はデスクの前に、テナントと向かいあってかけた。疲れたような少佐の顔が、するどすぎるその眼がきらいだった。

「しかし、きみはトラックを調べたのだろう？　わしも調べた。ボナレスも調べた。たるも検査してみた。トラックも検査した。だが、積んであったのは酒だった」

「だが、銃はあの山道から運び込まれておる」テナントは主張を変えない。言葉つきだけは無関心ともみえる平静さだった。「その方法を発見するのが、われわれの職務だ。あんたはこの捜査を信用しておらんようだが、あんたがどう考えようと、それはどうでもよいことだ」

ムッとしたが、ジャレルは自分にいいきかせた。腹を立てるな。この男にしたって、落着いたものではないか。なんにしろ、こいつ、相手にするとうるさい男だ。

「いや、少佐。信用せんのは、アデスタの司令官だ。とにかく、この地方の秩序維持は、すべて、わしの責任となっておる。ゆるがせにできん義務であるんだ。そこへ毎晩、禁制の武器を満載したトラックが侵入してくるとあっては、つまりはこのわしの、この上もない義務懈怠ということになる」

テナントは肩をゆすってみせた。その動作には、さまざまの意味が含まれていようが、なによりはっきり語っているのは、おれは追従はせんよ、といっていることだ。ジャレル大佐の胸もとを、つよい酒のような憤りがこみ上げてきた。テナントは手をカンヴァスの上においている。昨日も大佐は、その包みをあけて見せられたばかりだ。

「これがその銃のひとつ。先週憲兵隊に逮捕された男が、所持しておった。そいつは銃殺刑にしたが、まだまだこの国には、多くの銃と、それを携帯しておる多くの男がみられるはずだ。ゴマールを射殺せんことには、これからますます殖えるばかりだろう」

「射殺する！」

ジャレル大佐は、おどろいて叫んだ。この男なら、殺しかねないと思った。かれもまた、ゴマールとおなじに、少佐の評判を知っていたのだ。

「酒を輸入しておる人間を、銃殺刑に処するわけにいくか。許可書だって持っておるではないか」

「ゴマールは葡萄酒商人ではない。武器の密輸者だ。それは当然、死刑に価する」

ジャレルは椅子をおしやって立ち上った。壁に掛けた大地図に歩みよって、ずんぐりした指で、アデスタの町をさし、それから背を伸ばして、もう一方の手を、共和国との国境のさきにおいた。

「これがゴマールのルートさ。最初国境線で、共和国の警備兵の検閲を受ける。それからさきは、ボナレス少尉の監視下に入り、峠道をわれわれの哨舎まで下ってくると、ここで、第二の検閲がある。それから町へ下るのだが、その間、片時も、ボナレスの眼から離れることはできないんだ。それにまた、麓からはわれわれが見上げておる。その眼だって逃がれるわけにはいかんのだよ」

その言葉を、テナント少佐はさえぎった。

「あの若いボナレスを、あんた、信用できるのか？」

「信用しとるとも」ジャレル大佐はいった。「気のきいた青年じゃないか。といって、わしはかれに、なにもかもまかせておるわけじゃない。直接、不意に調べてもみた。きみが昨夜、やったようにだ。それにまた、その点、共和国の警備兵も、協力方を申し出ておる。あちらの検閲に立会ってもよろしいというのさ」

「かれらに」とテナントはいった。「警戒させるのを承知なれば――」

ジャレル大佐は、テナントの批評は無視して、地図から離れていった。

「わしの立場を考えて欲しい。憲兵隊の活動は、充分尊重しとる。しかし、だ。証拠もないのに、逮捕はできんからな」

テナント少佐は、カンヴァスに包んだ銃を撫ぜながら、

「大佐、証拠はここにある。これは、この地方から運びこまれておる。そのルートを利用しとる者は、ゴマールのほかにはおらんのだ」

「きみはまだ、武器の隠し場の話を信じとるのか。あれはただの伝説にすぎん。十五年以前の、古いよた話さ。カフェでのらくらしとる輩《やから》が、面白がるだけのことだ」

「カフェの話といい捨てるわけにはいかぬ。現実に起こった事件なんだ。武器の隠し場は存在する。アデスタの山中に存在する」

テナントの眼は、暗い影がかかった。

「将軍《ジェネラル》の革命の最後の日に——」

「解放戦争といえ」

ジャレル大佐が、機械的に訂正した。

「解放戦争の最後の日に、政府軍のうち、潰滅を免れた唯一の部隊が、この地方から撤退して、共和国内に逃げこんだ。その後ふたたび、この地方へ復帰して、将軍の軍隊に降伏することになったのだが、ふしぎに一挺の銃も持っていなかった。国境の、どちら側だかは不明だが、山中に埋蔵してきたことは間違いない。いまゴマールが、その移動をはじめたのだ」

テナント少佐は、ライフル銃をデスクに投げだして、

「大佐、この銃の識別が、自分にでききんといわれるのか？」

「むろん、きみにはできるさ。きみはそのとき、将軍《ジェネラル》の軍隊を相手に闘ったのだから

な」

「というわけです」

テナントは急に、丁重な口調に変わっていった。ジャレル大佐が見るまでもなく、テナントはいま、評判の癇癪を抑えつけている。が、いつまたそれが、爆発しないともかぎらない。

「そして、この銃は、アデスタの山中から運ばれてきた」

「とすると、その銃は、国境線のこちら側か、あるいは共和国の側か、どちらからか掘り出されたにちがいない。共和国側だとすれば、ゴマールはそれを、共和国の哨戒線を越えて運んだことになる」

「それは無理な考えだ」

「では、われわれの哨戒線を越えたあとのことか。それもやはり、無理な考えといえるじゃないか」

ジャレル大佐は、地図に背を向けて立っていた。いったいどうだというんだ？　いくらおれが辛抱づよくても、これでは癇癪が起きてくる。なるほど、このテナントという男は、いいかげんひとをいらいらさせるやつだ。

そのテナントがいった。

「たぶん、国境線のこちら側だ」

ジャレル大佐が、地図のコードをひいた。アデスタ山中の地図は、スルスルとあがって消えた。

「テナント少佐、わしはきみにいっておきたい。きみが考えておるほど、わしは事情に晦《くら》いのじゃないぞ」

かれは書類だなの前に立って、乱雑につっこんである書類をかきまわしていたが、皺くちゃになった報告書をぬき出した。

「これが捜索隊の報告書だ。おそらくきみも読んだことであろうが、これによってもわかることは、革命のすぐあとで――」

「解放戦争」

テナントは笑いながらいった。

「――将軍《ジェネラル》はこの地方へ、捜索隊を派遣した。国境線近くに小屋を建てて、国境のこちら側を捜査した」

ジャレル大佐は書類のひもをほどいて、地図を一枚とり出した。壁面から消えたばかりの大地図と、ひとつの点を除いては、そっくりおなじものだった。

ジャレル大佐は、ずんぐりした指で、国境の哨舎をおさえた。

「これが、そのとき建てた小屋だ。これがそのとき捜査した跡。一インチずつ、調べていった。ほら、赤インキで丸がついておる。この丸のひとつひとつが、そのときの捜査の段階を示しておる。もしかりに、話どおりに埋めてあったものなら、ピストルの一挺ぐらいは発見できたはずだ」

ジャレル大佐は、テナントの顔を見上げた。少佐もまた、相手の指のさきを、熱心に追っていた。

「そこでだ、銃が事実存在するとしたら、トラックで山から運び下ろすことにもなろう。ところがトラックは、葡萄酒のほかになにも積んでいない。いったいこれは、なんのことなのだ。君にその意味がわかるかね?」

「意味など問題ではない。現実に銃が運び出されておる。まるであんたの話は、数学家が、競走をおえた選手をつかまえて、おまえは何分何秒で走ったが、理屈からいうと、そのタイムでは無理なのだと、走れんことを証明するのとおなじだ。実際はちゃんと走っておるのにね」

「テナント少佐——」

「ジャレル大佐」立ち上って、テナントはきっぱりいった。「べつにあんたと、どちらが議論が上手か、それを比べにきたわけではない」

「きみだって、証明しようとしておるじゃないか。今夜、ゴマールが町へもどったら、逮捕させるつもりなのか？」

「そんなつもりはない。トラック一台の銃など問題のうちにはいらん。こちらの狙いは、隠匿場所と運搬方法をさぐり出すことにある。そして、おそらく今夜のトラックは、銃を積んで降りてこぬであろう」

ジャレル大佐は、そばへ寄って、

「え？　なぜだね？　なぜ積んでこんのだ？　危険だと察しるというのか？」

「その理由はいいたくない。かれを逮捕し、銃殺刑に処する日をきめるだけだ。そのほかは聞かんで、まかせてもらいたい」

「そのときがきて、きみの考えが誤っていたとわかれば、わしは軍法会議に歎願する。友人もないわけではない」

「こちらは友人のない男だ」テナントがいった。「政府の内部にはね」

それから、軍帽をあみだにかぶり、ジャレルを見つめて、またいった。

「あんたは、証拠なしでは逮捕できんといわれた。結構なことだ。よい考えだ。将軍《ジェネラル》の軍人としては、めずらしい現象といえるだろう」

かれは、ライフルをとり上げた。と同時に、わざと茶化して将軍の敬礼を真似してみせると、さっさと部屋を出ていった。

　それから、広場を横切り、軍用車のほうへ、足をひきずり、歩いていった。そのうしろ姿を、ジャレル大佐は窓から眺めながら、肚のなかで考えていた。あれこそ、おれが見習いたい男なんだ――と思って、すぐに訂正した。むかしのおれだったら、さっそく見習うところなんだ。二十年も前、まだ、すべての希望を失わずにいたころ……うちの家内《やつ》が、いま市の、ミッション・スクールにいる、二人の娘を産まぬうちだったら……おれのからだが、こうまで肥りはじめぬうちなら……ことなかれ主義の人間になってしまわぬうちなら……

　大佐は正面の壁を飾っている将軍《ジェネラル》の写真に眼をやった。この男も、おれとおなじで、まるまると肥っている。どうしたら無事平穏に、世の中をごまかして渡れるか――それだけをよく心得ている男……

「きょうのように晴れた午後ですと」とボナレス少尉がいった。「共和国の警備兵の姿が見えます。見えましょう？　国境線を歩いているのが――手をふったら、むこうでも合図を返してくるでしょう――しようとは思いませんが――」

「なるほど」

テナント少佐はいった。哨舎の前に、青年士官とならんで立っていた。

「よく見えるな」

それから、空を見上げて、「雪になるな」といった。

「ここまで登りますと、いつも雪です。麓の町では、まだ温さが残っていますのに……風がやめば、いつだって雪になります。いやなところです」

「静かじゃないか」テナントはいった。「おれは、大好きだぞ」

「それはまだ、わたしは若いのです」

「そうか、そうだろう。こうした生活を愉しいと思うには――いや、すくなくとも、不愉快でないと感じるには、きみもまだ、よほど年をとる必要がある」

「勤務部隊が都会に駐屯しておれば、愉快な思いもいろいろできましょうし、それでいて昇進なんか、ずっと早いものなんです。四十で大佐になるのだっていないわけでない――」

いいかけて、かれは口をつぐんだ。はしたないことを洩らしたと覚ったのか、オリーブ色の皮膚が、赤く染まった。

「その通りだ」テナントはいった。「おれも大佐になった。一度は将官になるチャンスまであった。おれにしてからが、若いころには、こんな山の中の勤務はいやだった。つまり、若いときはおれも、馬鹿だったのさ」

かれはゆっくりと軍用車へ歩みよった。なかから軍曹が、カンヴァスの包みをさし出した。警備兵が二人、哨舎から出てきて、所在がなさすぎるせいか、退屈そうな顔に好奇心を浮かべて、カンヴァスの包みを眺めていた。少佐と少尉は、小屋へはいった。

テナント少佐は、包みからライフル銃を出して、テーブルの上においた。そこには、昨夜おそく少尉が淹れた、コーヒーのコップがふたつ、洗いもせずにのっていた。

「きみは昨夜」とテナントはいった。「ゴマールは、ほんとうに銃を運んでおるのかときいていたな。これがその銃だ。手にとって、検べてみるがいい」

ボナレスは漠然と、軍人らしい興味の眼で、長いあいだ銃を眺めていた。やがて、テーブルの上にもどした。

テナントは椅子にからだを沈めて、

「はじめて見るのか？　これに似た銃を見たことはないのか？」

ボナレスは首をふった。

「そうだろう」テナントはいった。「きみは若いからな。この型式を使わなくなって、もうかなりになる。よい銃ではないからだ。戦争で負けたのも、こいつのためといえるくらいだ」

「少佐殿」とボナレスはいった。「調べたかぎりは、のこらず申しあげたつもりですが、お役に立ちませんで、申し訳ありません」

「わかっとるよ」

テナントは、しずかにいった。言葉のはしに、疲れたようなひびきがあった。

「おれがここまで登ってきたのも、きみの口から直接説明をきいたら、なにかわかることが出てくるかと思ったからだ。けっきょく、ルートには怪しい箇所がないとわかった。それはきみにもわかっておる。ジャレルにもわかっておる。おれにだってわかっておるんだ。だが、このルートになにか秘密がある。ゴマールだけが知っておるなにかがあるんだ」

かれはポケットから地図をひき出して、テーブルの上にひろげた。銃がおいてあるかたわらだ。そして、少尉を手招いて、自分のそばへかけさせた。あごの不精ひげをかきかきいった。

「おれは、あの大佐がうらやましい。万事がロジックと明白な論理でかたまっておる。おれにとっては、士官学校当時から不得手なやつだ。おれがああいう人間だったら、こんどの場合も、こういうことができるだろう——大佐閣下、この事件は、これこれこういうぐあいに行われました——そういって、密輸方法を的確に説明する。ところが、おれは駄目だ。事実それが、行われておるとしかいえんのだ」

　ボナレスは気の毒そうに、

「私がお役に立ちさえしたら――」

「地図と銃」テナントはいった。「論理と暴力。このふたつが結びついたあかつき、この世に、不可能なことは考えられぬ。革命さえ成就するだろう」

「銃が少しぐらいでは、革命とまではいかぬでしょう」

　ボナレスは、わざと意識していった。軍人は政治に関与すべからずと、つねに教えてこられたからである。

「将軍《ジェネラル》が統治している国ではか？　少しばかりではない、武器の隠し場には、一個連隊に間にあうほど埋めてあるのだ。そして、銃というやつは、いつか掘りだされる運命にある。少尉――いつかはな」

「ですが、あの男が、この哨戒線に、銃を積んできたことはありません。少佐殿、絶対にこのわたしの見落としではありません！」

　テナントの手は、銃把をしずかに撫でていた。そして、若い士官に話しかけた。だがその声は、手の動き以上に静かだった。

「あのときのおれは、もっと多くの武器が欲しかった――この銃が埋められる以前のことだ。将軍《ジェネラル》の砲が、平原いっぱいにとどろいたときだった。町は砲撃を受け、負傷せぬ兵士は一人としてなかった。ボナレス少尉、きみはその日を憶えておるまい。まだ小学校へ通っておったころだからね」

「話には聞いております」

「当時われわれが、どんなにアデスタ軍を誇りに思ったことか。降伏するまえに、武器を埋める処置を選んだ軍隊だ」かれはほほ笑んで、「将軍《ジェネラル》の捜索隊が、ついに発見できずに引揚げたと聞いて、どんなにわれわれが喜んだことか」

「そのようにお考えなら、なぜその気持をつづけておられんのですか？」

テナントはボナレスを見た。はげしい視線を浴びて、ボナレスは眼を、地図の上に落とした。

「それはこうだ。おれは暴力がいやになったのだ。利用する男が憎くなったのだ。おれはたしかに、ふたたびあの銃が世に出る日を待っていた。だがそれは、ゴマールの手によってではない」

彼は椅子を押して、立ち上った。

「ゴマールの手ではない。むかしのわが軍の銃を、われらの祖国を滅ぼすために使用させることはできぬ！」

かれはからだを、ずっと乗り出して、

「ボナレス少尉、おれたちの祖国は、この山道によって、敵に売られることになるぞ」

「この道によって！」

ボナレスはさけんだ。若い、澄んだ眸が、突然くもった。

「そうとは考えませんでした」

「だからおれには、きみの上官から地図の上の赤い輪を示されても、あの大佐の明確な論理を使えないのだ。銃を運び込んでいるのが、将軍《ジェネラル》よりなお、いやなやつだからだ。おれはこの密輪を、止めることにする」

ボナレスは両手を、テーブルにきつく押しつけている。爪の色が、白く変わっている。

「少佐殿、わたしにお手伝いができましたら――」

「なぜゴマールの邪魔をするか、おれにはおれのやっとることの意味がわからんのだ。だれのためにするのか、それもわからん。肥えふとった将軍《ジェネラル》のためか？　施政のとりえといえば、全体主義よりいくらかまし、といった男のためなのか？　それともまた、あのまるまると肥えた大佐のためか？　成績の下がるのだけを怖れる男のためにか？　中央の、もっとよいポストに移りたいという少尉のためにか？」

かれは、窓ぎわへよった。

「おそらくおれは、むかしの軍隊の名誉のために、ゴマールの行動が阻止したいのだろう。裏切られ、散り散りになり、死んでいった兵士たちのために——」雪になった。最初の雪片が、音もなく落ちてきた。

「あの日もたしか雪だった。十五年前のことだ。この道を、軍隊が登っていって、またもどってきた。敗走の憂き目にあい、ゴマールのような卑劣漢に食い込まれ——そこで、どうだ、ボナレス少尉。きみの論理は働かぬか？　ジャレル大佐が、なによりも尊重してやまぬ論理がだ。いっそどうだ？　きみ自身わからぬことを、教えてやろうという気にならぬか？」

かれは、チラッと少尉を見た。ボナレスの眼は、地図の上から動かなかった。

「論理はつねに役立ちます」顔もあげずに、ボナレスはいった。金言めかした口調だった。「最後には、やはりそれが、正しいとわかるのです」

「では」とテナントがきいた。「どうやってやつは、銃を運びこんでおる？」

「知らぬことを、どうしてお話しできましょう？」そこではじめて、かれは顔をあげて、

「わたしに申しあげられますのは、この哨戒線を通るとき、あのトラックは銃を積んでおらぬというだけです」

「だが、ロジックはつねに正しい」テナントはいった。「最後にはだ」

かれはまた、窓ぎわにもどった。幻想の網膜の上に、疲れきった兵士の列がいつまでも長くつづいている。険しい山道を降り、将軍《ジェネラル》の軍事法廷へ、捕虜収容所へとつづいている。焦点を合わせれば、銃を持っているかが見えるかもしれぬ。テナントは知っていた。銃はいつまでも埋もれたままではいない。暴力はいつまでも地下に逼塞していない。かれは十五年を回顧して、見失った手がかりを求めていた……

雪はしだいに、はげしくなった。と同時に、テナントの幻想も消えていった。それに代って、奇異な観念が浮かび上った。あり得るとも思えない、信じようもない考え方だ。ジャレル大佐の論理にはそむくが、それがこの際、たったひとつの答えなのだ。

かれはふりかえった。

「ボナレス少尉、きみにはまだ、おれのために尽してくれる気があるか？」

「なんなりと、ご命令しだい」

「では今夜トラックの検閲がすんだら、おれのところへ電話してくれ。ホテルにおる」

「承知しました」ボナレスは答えた。

「時間を計ってみたい。ここから町まで、何分かかってトラックが下るか、その時間を知りたいのだ」

いいおいて、ドアへむかって歩きだした。

「今夜くるかな？　雪がひどくなりそうだが」

「どんな晩でもあの男はやってきます」

ボナレスは、くらい顔でいった。

大戦のまえに、アデスタを避暑地にする計画があった。町のはずれ、渓谷を望む位置に、宏壮なホテルを建てた。大理石を鋪いたテラスに立つと、せまい谷間のむこうに、山々が聳《そび》えていた。その後何年か、都会の人士がおしかけた。婦人たちがパラソルの蔭で、アイスクリームをつついていると、男たちはそのあたりを散歩した。この連中には、アデスタはビーアリッツであり、ソレントであり、チューリッヒであった。塵よけコートにマフラーを巻き、オープンの観光自動車で、アデスタの町まで遊びにいくこともある。何週間か滞在することもある。

その時代は、共和国の国交もうまくいったので、国境線の警備兵などは見られなかった。観光客たちは、風のない日を選んで、まがりくねった山道を登っていた。国境を越えたさきは、みどりの牧場がひろがって、ピクニックには最適だった。夕方、陽が翳《かげ》ると、帰ってきて、ひろいテラスがダンス場になった。

しかし、その後はこの国に、はげしいあらしが吹きすさんで、ホテルのマネジャアは破産した。建物は売りに出されて宿屋の主人が買いとった。それもいまでは、眼に見えて荒廃した姿だった。

女中たちの数も減ったし、ピンク色に塗ったしっくい壁は汚れてしまった。贅《ぜい》をつくした胡桃材のバアが、いつかトタン板に変わっていた。そこに集まるのは、葡萄酒栽培業者の農夫たちで、いつも日の暮れるころは、葡萄の相場や、町のうわさ話に花が咲いた。

建物の片方の袖は、革命戦争の砲火にあったままで、修繕の手も加えてなかった。かつてはここの自慢であったテラスも、大理石がひび割れて、みじめなくらい汚れていた。洗ったことはないのではないか。

そのテラスで、その夜おそく、ジャレル大佐はテナントといっしょになった。少佐のほうは、日の暮れ方から陣取っていた。ジャレルは少佐のそばへ、籐椅子をひきよせて、

「きみの要求どおり、手配をしておいた。山の麓に、バリケードをつくった。ゴマールのトラックは、かならずそこで、停車させることにしてある」

テナントはうなずいた。葉巻のさきの小さな火が、皺の多いかれの顔を、闇のなかに浮かび上らせていた。

「きみの見込みは、おそらく正しいであろう」

ジャレル大佐は、相手のきげんをとりながらいった。「これでいよいよ、捜査も大詰だ。きみの見込みがあたったとあれば、われわれの信用は、一段と上るな」

「そんなことは、どうでもよい」

「どうでもよいどころか、大した手柄だぞ——銃の密輸ぐらい、大きな問題はないじゃないか」

「ここがすめばあちらになる——いたるところが問題だろう……ジャレル大佐、あんたの家に、ねずみはおらんのか？　ねずみ穴を発見したら、セメントを詰めねばならん。穴をふさげば、ねずみのすがたを見んでもすむ。だが、いなくなったのではないぞ。やつらは、土台のうしろで、こっそりと動いておるんだ。柱のよわいところを、鼻のさきでさぐりおるんだ。適当な継ぎ目が見つかれば、さっそく齧じりだすだろう。そこでつぎの穴ができて、またセメントを詰めねばならん」

「そういうきみが穴埋めの仕事ばかりやりおるではないか」

「しっかりした土台がないからだ。よい材木をつかわんからだ」

風が出て、テラスを吹きぬけた。テラスは身動きもしないが、大佐のほうは、ちょっと慄えた。風のせいだ、と自分にいいきかせた。

「わしはこの捜査に」とジャレルはいった。「全責任を持とう。どんなトラブルが起きてもだぞ。これまではわしも、トラブルを回避しすぎたきらいがある。こんどこそはやるぞ。断じて恐れなどせん」

「まだ恐れることが起きる。この国では、沼沢地のマラリヤのように、恐怖病が蔓延しとるのだ」

「きみもなにか恐れとることがあるのか？」

テナントは葉巻のさきで、山の方面をさした。

「ゴマールのヘッドライトだ。ボナレス少尉の哨舎に到着するところだ」

——おれはなにも怖れてはおらん。卑怯者だから怖れんのだ。希望を失ったから怖れることがなくなったのだ。

そして、少佐は、葉巻をふかくすいこむと、しゃべりだした。平静を保つには、しゃべっていなければならなかった。ジャレルのほうは、トラックの光を見つめたままだ。毒虫が二匹、這うように哨舎に近づいていく……

「これは最初から、起こり得ぬことだった。かりに銃が、共和国内にあるとすれば、すでに十五年以前、軍事捜索隊の手で発見されておらねばならん」

「そのとおり」

「そのとおり、か」テナントは冷たくいった。

「ボナレスがトラックを停めたぞ」

ジャレルは思った。これでやっと片付いた。あとは電話で命令して、バリケードをとり除けばよろしい。が、かれは、不安な顔で、テナントを見た。少佐の言葉を思い出したからだ。——まだ、恐れることが起こる。

「わしの考えでは」ジャレルはいっている。「警備兵が買収されて通過させておるのか、あるいは、また十五年前の捜索が忠実に職責をはたさなかったか、そのどちらかにちがいない。しかし、だな、警備兵が買収されたとは考えられん。そんな場合は、われわれが不意打ちの点検をやったとき、発見できないわけがないのだから」

テナントはただ、葉巻の火を眺めるだけでだまっていた。

ジャレル大佐が、トラックは哨舎をはなれたぞというのを聞くと、はじめてかれは、顔を上げた。小さなヘッドライトが、ゆっくりと山を下ってくる……

「捜索隊にしても」ジャレル大佐はさきをつづける。「信用せんわけにはいかん。わしの手許に、そのときの報告書がきておるが、あれを見ただけでも、いいかげんな捜査でなかったことは呑みこめる。小屋を建て、そこに泊りこんで、一インチの土地もゆるがせにせんで調べ上げた。あれだけ入念な調査で、見落としがあったとは考えられん」

風が、ジャレルの顔を叩いてすぎた。やわらかい木の葉をぶつけられた感じである。

「そろそろ、ボナレスの電話がありそうなものだが――」

「まもなくかかるはずだ」テナント少佐はいった。「電話の言葉はわかっておる。ゴマールのトラックには、銃は積んでなかったというだろう。あんたがあげたふたつの事実で、おれもさんざん迷わされた。りすのように飛びまわらされた揚句、けっきょく、きょうの午後、国境線の哨舎で、おれは見た。とうとうボナレスは、嘘をつくのは可能と知ったのだ。それで、おれの考えも、動かしがたいものになった」

かれは暗い笑いを浮かべて、

「あの小屋まで登ると、ひどい寒さだ。雪と風がつよくて、警備の仕事も、楽なものではない」

その風が、山あいを吹き下ろしてテラスを掃いて過ぎた。枯葉を捲きあげては、大理石の上に撒き散らし、テーブルの下に押しこんだ。荒れはてた建物の扉や窓をゆすぶられて、内部のどこかで、柱のはぜる音がした。

「こんなひどい風は、はじめてだ」ジャレル大佐はいった。

「テラスがこわれやしないか」

「この建物は、しっかり出来てはおらん。ピンク色の化粧壁に安大理石――」

建造の方針が間違っている――ホテルにしても、国家にしても。建てるときは、完全と名誉を期さなければならぬ。強固な石の上に、強固な石をもって——

二人は無言のまま、ヘッドライトが山麓に近づくのを待った。と、テナントは、異様なくらい乱暴に、葉巻をテラスに投げすてた。そして、山嶺を見上げていった。

「小屋に、なにか起こったぞ」

「まさか」ジャレルがいった。「いまボナレスから、電話があったばかりだ」

テナントは、また椅子にもどって、ひと言だけいった。

「用件は？」

「きみに伝えてくれといった。二度と、銃が山を下ることはないと」

しばらく、風が唸って、落葉がテラスを走った。やがて、テナントがいった。

「あの男が、そのとおりの言葉を使ったのか？　二度と、銃が山を下ることはないと……」

「そのとおりさ」ジャレル大佐は、怪訝そうな顔で答えた。と同時に、慄えたのが、はっきり見えた。

ボーイが出てきて、ジャレル大佐に、電話だと告げた。もどってきたとき、大佐はこの寒さに、汗をいっぱいに浮かべていた。

「少佐、きみの考えは正しかったぞ。バリケードで、ゴマールのたるを調べたが、その半数には、銃が詰まっておったそうだ」

かれは、バリケードに停車しているトラックの光を見つめていった。

「ほかには？」テナントがきいた。

「国境の警備兵が二人、そのトラックに同乗しておった。バリケードの士官が目下調査中だが、理由がどうも、はっきりせんようだ」

「脱走をくわだてたのさ」テナントはしずかにいった。「やつらは、ゴマールに手を貸して、ボナレス少尉を射殺したにちがいない」

二人の男はだまったまま坐っていた。一人は事情を知っているが、一人には皆目わからない。そのジャレルは、風と、かたわらにだまりこくっている痩せた男に耐えられなくなって、なぜそんなことを――ときいた。

「名誉というやつは、一風変わって微妙なものでね」とテナントは説明した。「ボナレス少尉に、危険を敢えてする勇気はあたえたが、嘘を吐くのは許さなかった。あの男は気のよい若者だった。が、純真すぎてもろさがあった。若い士官たちは、政治に首をつっこむなと教えられておる。われわれの時代もそうであった。おそらくそれは、賢明な政策といえよう。しかし、それだけにまた愚劣なところもあるようだ。

たとえばあの若者さ。国を売らねばならんとあれば、自殺の道をえらぶぐらいの精神はある。が、あいにく教育が足りん。わずかの銃を持ちこむことで、それほど重大な意味が生じるとは教わらなかった。現金は握れるし、冒険めいたところまでが、ロマンチックでおもしろいじゃないか。昇進の見込みもないあわれな士官には、ちょっとした誘惑といえるではないか。かれと警備兵は、ゴマールの買収に応じた。しかし、かれには、嘘がつけなかった。

きょうおれは、山に登って、かれと会った。その銃を見せて、こいつが叛逆者の手に渡るとなると、どういう結果が起こるかということを、そのときはべつに、なんの気もつかずに話してきかせた。それから、二人ならんで、十五年前の捜索図を眺めた。ところが、そうしているうちに、徐々にではあるが、おれたち二人は、それぞれに悟るところがあったのだ。おれはおれで、銃の隠し場所を知った。あの若者は、自分の行動が持つ意味を知った。気がついてみると、あの若者はおれの質問に答えるのに、一種きまった文句しか使わんのだ。

《ゴマールは哨戒線に、銃を積んできたことはありません》そうはいうが、絶対にこうはいわん。《ゴマールのトラックが哨舎を離れるとき、銃は積んでおりません》怪しいとは思ったが、それでもおれは、かれのほうから口を割ることを望んでいた。いや、祈っていたといってよい。だが、最後までかれはだまっていた。そのわけは、いまになってわかった。

あの若者は、ゴマールの計画を阻止しようとしたのだ。阻止に失敗すれば、殺されることは覚悟していた。あの男の部下は、二人とも肚ぐろい連中だったからだ」

　テナントは首をふって、

「が、それもまた、どうでもよいことだ」

　しかし、ジャレルは叫んだ。

「武器はどこにあるのだ？」

「捜索隊が掘りかえさなかった唯一の場所――哨舎の床下、地中ふかく埋めてある。捜査にかかるまえに、根拠地として建てた小屋さ。哨兵たちが買収されたのは、銃を通過させるためではなかった。銃をゴマールの手に渡すためだった。毎夜、ゴマールはトラックを、共和国まで走らせた。葡萄酒のたるを運んでもどる。哨戒線へ降りてくるまでに、武器を入れたたるが床下から取り出され、積み込むばかりに用意してある。そのあとは床板が、つぎの夜まで隠しておく。われわれが登っていく日は、葡萄酒だけで下らせればよいのだ」

　そして、テナントは笑って、つけくわえた。

「どうだ、論理的な証明だろう」

ジャレル大佐は立ち上った。

「哨舎で起きたことが気がかりだ。まさかやつらが、ボナレスを殺すようなこともあるまいが、それにしても——」

だが、テナントは眼をとじたままであった。

大佐はテラスを、ドアのほうへ歩いていった。

が、そこで立ち止まって、ふりむいた。テナントははじめて眼をあけて、半ば背を、荒廃したホテルに向けて、闇を通して、峠のかなたを眺めやった。

獅子のたてがみ

The Lion's Mane

棺は、掘り返したばかりの土の上に据えられた。まだ生あたたかい土だった。その両がわにそれぞれ三人の兵士が立った。

暗く曇った午後のことで、雨もよいの空に、雲足だけがはやかった。

墓地の糸杉ととねりこの木が、晩夏のけだるさに耐えかねてか、濃緑の葉を重く垂らしている。

軍と政府が、それぞれの代表者を派遣していた。最後の敬意を、死者にしめすためだった。臨席者すべてが、のこらず不動の姿勢で整列して、司祭の一挙一動を見まもっている。実際、現在動作をしているのは、袖の寛い、まっ白な法衣を着けた司祭だった。

その司祭は、棺の蓋をあけて、その上で吊り香炉を振っている。

「すばらしく感動的な葬儀じゃないか」

アメリカ領事が、隣りに立っているコートン博士の耳もとでささやいた。博士は無言でうなずいた。

やがて、吊り香炉を振る司祭の手がとまると、かたわらから侍僧の手が伸びて、香炉を受けとった。そのあとしばらくは、一切の動作が静止した。香のかおりが、湿った空気のなかに拡がっていくだけだった。

と、みると、将官が軍刀を高くあげた。同時に、兵士たちの銃も、一斉にささげられた。政府がわから派遣された役人たちは、黒いソフト帽を胸のあたりへ持っていった。

そのあいだも、領事は小声でしゃべりつづけていた。

「こんどの事件で、ワシントンへ報告書を提出しなけりゃならんのですが、それを考えると、いまから頭がおもくなりますよ。どうせ折りかえし、具体的な説明を要求してくるでしょうからな」

医師のコートンは、それに応えていった。

「くわしいことは、この国の政府が調べ上げるだろうさ。もう今ごろは、審問委員会がひらかれているはずだ。およそ、時間を無駄にしないのが、この国の特徴だからね」

「そういう国ですね」領事はいった。「で、ドクター、はやいところ、あんたの耳に入れておきたいことがあるんですよ」

そうは言ったものの、領事はすぐに、しゃべりだしたわけでもなかった。

一方、外国人のそうした私語をよそに、するどい号令がひびきわたった。兵士たちは、ライフル銃をかかげて、空弾を放った。銃声が、雨もよいの空に、大きく反響した。

音と沈黙と、そして哀悼の意をしめす動作とが、交互に複雑な綾をつくる。そのうちに、葬儀はとどこおりなく終了に近づいた。将校も軍刀をおさめていた。役人たちは、いまだに脱帽のままだが、なぜか落着きを失った態度だった。

むしむしと、気持がわるいほど蒸し暑いので、だれもが玉のような汗を顎から肩にかけて噴きださせていた。これは堪らん、なんとかはやいところ式がおわってくれんものか。せめてこの汗でも拭わんことには……などと、アメリカ領事は上の空で考えていた。

「ドクター、それについて、ぼくはあんたに話しておきたいことがあるんですよ」領事はまだ、ささやいている。「この国の捜査なんて、信用できるもんではありませんよ。この事件には、ぜったいに裏の裏がありますね。つまり背後関係ですよ。むこうには、名うての憲兵少佐がいるんです。テナントといって、相当のしろ物でね」

コートン博士は答えた。

「テナント少佐は責任感のつよい男さ。明白な理由がなければ、人を殺しはしなかったはずだ」

領事は思わずふりむいた。かれはまだ、この国に赴任して日も新しいので、万事コートン博士に相談することにしていた。博士はすでに数年来、この土地に住みついていたからである。だが領事は、最近になって、それもどうかと考えるようになってきた。というのが、かれが見たところ、コートン博士はあらゆる面で——領事自身の表現を借りると——《土着してしまった》と思われるからだ。文化の立ちおくれたこの国の習俗になじみすぎて、博士におけるモラルの観念までが、未開人なみに変わってしまっているのではないか。

「なあに殺しますよ」領事はいった。「現に、殺したじゃないですか」

ちょうどその時刻に、テナント少佐もまた、不動の姿勢で起立していた。裁判所構内の、せまい審問室のなかである。少佐は、クロスでおおったテーブルのまえに立っている。テーブルのむこうに、審問官が四人ならんでいる。これはむろん軍人でなく、本来の司法官である。それにもう一人、政府からの査察使がくわわっている。この国を統治する将軍《ジェネラル》の使命を受けた人物であった。

テーブル・クロスはみどり色に光って、白く塗った壁の上に、将軍《ジェネラル》の肖像がかかっていた。柔和な表情のうちに、この喚問のようすをぬけめなく監視している。

審問官首席がいった。

「それできみは、きみ自身の判断によって、アメリカ人ロジャーズを射殺することに決定したわけか？」

テナント少佐は答えた。

「アメリカ人ロジャーズは、スパイ行為に従事していたからです」

「いまにして思えば、そのようにも考えられるが――」

審問官首席は、冷淡な口調だった。よほど汗かきの体質とみえて、絶えずハンカチで額のあたりをおさえていた。

「そのときすでに、そう信じられました」とテナントは答えた。

「それできみが、射殺と決定したというのか？」

「正確にいいますと、すこしちがいます。射殺は、わたしの上官モレル大佐の命令によるものです」

審問官がいった。

「ほう、モレル大佐が？　モレル大佐の判断で、射殺に決定したというのか？」

「そうです」

「そしてきみは、大佐の命令を実行しただけである？」

「もちろんです」

「だからきみは、その決定に責任を持たぬという？」

「責任はありません。行為を離れて、個人的に気の毒と感じていますが――」

とテナント少佐は、骨ばって幅のひろい肩をゆすって答えた。

審問官首席の指先が、神経質にハンカチをいじっている。将軍《ジェネラル》の特使は、からだをテーブルに乗りだした。痩身長軀、風貌からして牧師を思わせるが、それ以上に態度が謹厳で、むしろ小心翼々といった感じだった。声も、蚊が鳴くように細く、審問官たちにしても、聞き洩らさぬためには耳を傾けていねばならなかった。

「テナント少佐、はじめから話してもらえんかな。途中で切らんようにして――」

いいながらかれは、審問官首席の顔を見た。よけいな差しで口をして、申し訳ないといった顔つきであった。審問官のほうが、かえって恐縮して、頬の汗をはげしく拭きだした。

「承知しました」テナントは答えた。「では、モレル大佐の性格から申しあげます」

しかし、審問官首席はいった。

「いや、少佐。性格の説明までの必要はなかろう」

少佐の、まぶたが垂れ下がって、半ば膜のかかったような眼が、将軍《ジェネラル》の査察使にむいた。

「また答弁は、邪魔がはいりました」

査察使はあわてた。手をあげて、審問官を制しようとしたので、テナントは思わず笑いだした。黄色く染まった歯が、大きくむき出しになったので、感じのよい笑いとは見えなかった。

そして、少佐は説明をつづけた。

「モレル大佐の綽名をご存じですか。部下たちは大佐を獅子と呼んでいます」

審問官は、いらだってくる気持を匿してうなずいた。いまさらことあらためて、少佐の口から説明を聞かなくても、憲兵大佐モレルの評判を知らぬものはないのだ。巨大な獅子、年こそ老いたが、クーデター当時の将軍《ジェネラル》が股肱とたのんだ一人として、大佐の勇猛さは、この国の伝説にまで高まっていた。

審問官は胸のうちに、《獅子》の風貌を想い浮かべていた。分厚い肩、灰色の毛を生やした両の腕、野性と知性をかねそなえた顔。とりわけて印象的なのは、大きな頭にふさふさと乱れている黄色い髪だった。

テナント少佐はいった。

「モレル大佐の性格のはげしさは、かれが決定した以上、論議の余地を許しません。大佐はわたしに、つぎのように語りました。あつまった情報によれば、コートン博士を所長とするアメリカ医療施設に勤務するウェズリイ・ロジャーズ博士が、アメリカ合衆国のスパイであることは、否定できぬ事実である。長期間に渉って、かれはこの国の機密を流していたというのです。その方法がまた、じつに巧緻をきわめたもので、ドクター・ロジャーズはつねに、アメリカの研究機関にむけて、この国における医療上の統計を送りつづけていた。一見それは、数字をつらねたリストで、かれの研究をまとめあげた報告書としか思えぬのですが、真相は、わが国の軍備を示した数字であったのです」

「で、モレル大佐は、博士に対する疑惑を正しいものと確信していたのであろうか？」

「疑惑ではありません」テナントは答えた。「大佐は当初から、確信していたのです」

「で、大佐は、きみにも確信を持たせたのか？」

「わたしは命令を実行するだけの役です。確信させられる必要はありませんでした」

将軍《ジェネラル》からの査察使は、またしてもからだを乗りだした。

「テナント少佐、将軍《ジェネラル》の革命が、勝利と決定すると同時に、きみはたしか、憲兵隊長の地位を、モレル大佐に奪われたのだったな？」

テナントは答えた。

「ご存じのことを、なぜあらためて質問なさるのです？」

査察使は、かすかに笑って、かたわらでせわしげにペンを走らせている書記に眼をやって、

「きょうの模様は、もれなく記録にとっておかねばならぬ。そのために訊くが、きみはモレル大佐に地位を奪われたことを遺恨に思っている？」

テナントはだまっていた。まぶたが重く、黒い瞳をかくした。

「将軍《ジェネラル》の方針を実行するには、大佐がより適任だと、わたし自身も考えました」

査察使はたくみに、掌で口をかくして咳払いをした。

「テナント少佐、話をすすめたまえ。大佐が確信を持った結果として？」

「ロジャーズ博士を殺せと、わたしに命じました」

「テナント少佐」

審問官はするどくいった。もはやその顔は、最前までの明るさを失っていた。さすがに、《殺す》という言葉が、耳に痛烈にひびいたのであろう。

査察使は笑っていた。

「テナント少佐、きみや本官は、司法官とはちがって、言葉のもたらす影響を、それほどふかく考える習慣がない。それは理解できるが、この際はやはり、言葉のあやを問題

にせぬわけにはいかぬ。ロジャーズ博士の行動を即刻制止せよ、といったモレル大佐の言葉は、博士を追放すべし、あるいは、逮捕せよとの意味であったと、解すべきではなかったろうか？」

「その点は答弁のかぎりでありません。ロジャーズ博士を暗殺すべしというのは、将軍《ジエネラル》の意志であると、モレル大佐が語りました。恩賞をあたえるもよし、あるいはまた、なんらかの個人的な理由を設けるもよろしい。下手人不明のままに、博士を闇に葬るのが、おおやけの処刑をして、アメリカ政府との紛糾をひき起こすより、はるかに上策であるとの結論でした」

「将軍《ジエネラル》ご自身が、そういわれたというのか？」審問官が口を出した。

「あいにくわたしは、将軍《ジエネラル》の信任を得ておりませぬ」

とテナントは答えた。

「いや、よろしい」と裁判官は、疑わしげにいって、「答弁をつづけなさい」

「具体的な手段は、わたしにまかせられていました。わたしは、暗殺者を選びました――ラマール中尉は、射撃の名手です。中尉を推したのも、モレル大佐でした。モレル大佐としては、ロジャーズを亡きものにする――博士のスパイ行為を制止するには、射殺してしまうのが最良の手段だという意見でした。博士の宿直の夜をねらい、早朝、病院から帰ってくるところを襲えとの指示でした。ご承知と思いますが、ロジャーズ博士とコートン博士は、一日交代で病院に泊ります。しかし、最後の瞬間に、わたしは計画を変更しまして、ロジャーズ博士を自宅で殺させたのです」

「モレル大佐の命令に、違背したことになるな」審問官はいった。

「いや」と、テナントは答えた。「命令をまもらなかったわけではない。大佐の意図の下に、よりよい手段をとったのです。病院の構内で殺せば、その現場を、コートン博士やアメリカ人の看護婦たちに見とがめられる危険があります。その場合は、第二の殺人を必要とするかもしれません。それがまた、第三の殺人を起こし、そうしたことをくり返しているうちに、どのような結果を招来することになるか、想像しただけで、慄然とするものがあります」

いいながら少佐は、審問官たちの顔を見まわした。かれらしく淡白な態度であったが、審問官のほうが、おもわず椅子を、テーブルからうしろへずらした。

　査察使がわきから、口を出した。

「うなずける予定の変更だな」

「わたしは二十五日、ちょうど日曜日にあたりましたが、ラマール中尉に会いまして、打合わせを行いました。その翌日、中尉がロジャーズ博士の家に出向いて、射殺する手配をきめたのです。ロジャーズの家は、病院の裏手で、少しの距離がありましたが、敷地は病院の地所に隣接しております。で、中尉は予定どおり実行しました」

「射殺した！」

審問官は叫んだ。そして、手にしていたハンカチを、みどり色のテーブル・クロスの上に投げだした。手がふるえて、制御できぬといったようすだった。

査察使は、例の、ものしずかな声で、ささやくようにいった。

「いや、それで事情はわかった。テナント少佐、きみの話は、なかなか要領を得ている。で、きみはしばらく休んでもらおう。そのあとの説明は、ラマール中尉の口からきく」

そういってかれは、意見をきくように、審問官を見やっていった。

「傍聴人としては、差し出がましいと叱られますかな？」

棺の蓋がとざされて、死人の姿が隠れた。つづいて、棺はしずかに、地のなかに下ろされていった。うす墨色の雲が走るので、みどりの葉末が黒ずんでみえる。ライフル銃が、ふたたび轟いた。司祭は土のかたまりを、棺の上におとしていた。

会葬者の列がくずれて、三々五々、足音を立てぬように歩きだした。指揮にあたっていた将官は、ロジャーズ夫人のそばによった。夫人は、この国における葬儀の習慣にしたがって、黒衣をまとい、厚いヴェールに顔をかくしていた。将官は、夫人の手をとって、自動車へと導いた。

領事がいった。

「そうだ。わしは、あの女と、話し合っておかんければならん」

コートン博士は、あわててその腕をおさえた。手にふれた感触からいっても、最高の生地とわかる服であった。領事はいかにも好人物だが、こうしたことには、あまりにも気転がきかなすぎる。

「待ちたまえ、いまはまずいよ」

博士にいわれて、それで領事は、すなおにあとへさがった。

二人は役人たちの群れにまじって、車のほうへ歩いていった。役人たちは、二人のアメリカ人にむかって、悼みの言葉を述べた。アメリカ人も、身内の死を悼んでもらったように挨拶していた。国をはなれて他国にあると、個人の死も、同時に国際的になるものだ。同国人の死は、親族の死とおなじで、悼詞の対象と考えられるのである。将官がうしろから追いついて、声をかけた。

「罪の報いですな。これも当然の報いですよ」

領事はうなずいて、博士といっしょに車に乗った。自動車の群れは、列をつくって墓地を離れた。門のところで、ぼろを着た少年が、新聞を買ってくれと飛び出してきた。行列を見つけたので、叱られるのも忘れたらしい。しかし、自動車の列は、少年などは完全に無視して、公道へ出た。この道をまっすぐ走れば、将軍《ジェネラル》の役所のある街へもどれるのだ。

そこは公共の墓地だった。道を下っていくと、高い塀がつづいている箇所があった。おどろいたことに、そのまっ白い板塀の上に、べたべたとポスターが貼ってあった。将軍《ジェネラル》の眼は、国中いたるところに遍在している。きょうの葬儀も、その例外ではない。自動車の列も、その監視から逃がれることはできなかった。将軍《ジェネラル》もまた、会葬者の一人だったのだ。ひと言もいわぬ代わりに、眼だけは油断なく光らせていたのだ……

車内の領事は、行儀よい姿勢をたもっていた。その若いからだを——すくなくとも、その現在占めている地位のわりには、まだ少壮の外交官ということができよう——奇妙なくらいこわばらせてシートの背に寄りかかろうともしない。コートン博士のほうは、疲れたように身を凭《もた》せて、両腕を、服地のすり切れてきた膝に休めていた。

板塀のうえから、将軍《ジェネラル》が瞰下ろしていたわけではなかったが、獅子の眼は二人を見つめていた。『革命の英雄たち』という広告ポスターがそれであった。ポスターはシリーズになっているのだが、英雄たちの最右翼がモレル大佐だった。かれを写したポスターは何枚も貼ってあったが、どの写真も、かれの実際の年齢を超越したものだった。逞しい体軀は、いまだに青春のちからを内に秘めているかに見えるが、黄いろの頭髪が、まるで軍帽を押し上げているようだ。しかし、コートン博士は思った。写真は写真、真実大佐の姿は、頸によった何本かのふかい皺、喘ぐようにはやい息吹。そして、すでに半白に変わった頭髪で想像されることだ。

アメリカ領事は、ポスターの写真に眼をやっていった。

「なかなか獰猛な顔ですね」

「事実、獰猛な人間なんだ」コートン博士はいった。「一度ぼくの病院へきたことがある。入院している重症患者を、むりやりに連れ出した。連れ去られた男は、大佐の車のなかで死んでしまった」

領事もいった。

「先月の雑誌でしたかな、将軍とモレル大佐が、二人いっしょに写した写真が載っていました。将軍《ジェネラル》は、大佐の肩に手をおいていました。大佐は微笑の顔で、公邸前の広場を見下ろしていました。例の見事な黄いろい頭髪をふり立てているかれを見上げて、広場の群衆は口々にさけんでいる。われらの獅子！　われわれの獅子！　とね」

コートン博士がいった。

なのさ」

「こういう人間に逆らうのは、よほど勇敢であるか、でなければ狂っていることが必要なのさ」

領事は博士のほうに、ずっとからだを寄せて、

「ところが、その男がいるのです。テナント少佐がそれですよ。あの男はモレルの前に、その地位にいたんです。そこでまた、大佐に代わることをねらっているにちがいないのです」

コートン博士は笑っていった。

「ねらったところで無駄だとかれ自身よく知っているさ。あの男は、軍人としては、最高の傑物だが、少佐で一生おわる人間だ」

領事は怪訝そうな顔できいた。

「ほう、あんたあの男をご存じなんですか？　あの《狼》とお近づきですか？」

「ぼくたちは友人さ」

博士は答えた。領事は眼をよせて、医師を見た。二人の年齢は、わずか数年の隔たりにすぎないのだが、博士のほうがはるかに年長にみえた。無口で、そっけない態度で、いっそうそれをきわだたせた。領事の経験によると、それが海外に長く暮らしている人種に共通の特徴なのだ。それにひきかえ、若い領事は朗らかで、見るからに陽気な性格

だった。これはと領事はひそかにため息をついた。ロジャーズ博士に似ているのだった。

「いや、たしかにテナント少佐は、それをもくろんでいますぞ。ぼくはそう睨んでいるな」

コートン博士はいった。

「そう、そう。あの男は、なにもかももくろんでいますぞ。それはきみにも、知っておいてもらったほうがいいかもしれんな」

ラマール中尉は、きゃしゃなからだつきの青年だった。そげたようなあごに、黄色っぽい皮膚がはっているが、うすい肌の下に、静脈が青くすいてみえた。査察使はかれの姿を、不愉快そうな眼で眺めていた。中尉は落着きのない様子で、不動の姿勢をとっているが、指のさきは、絶えず毛織ズボンの縫目をいじっている。かれは騎兵隊に所属しているのだ。審問官首席裁判長はいった。

「で、どういう経過をとったのかね？」

「少佐から――」

ラマール中尉は、とくにその言葉にちからを入れて発音した。少佐といいさえすれば、経過いっさいが説明できてしまって、それ以上の弁明は、必要でないと思っているかのようだ。

「――少佐から呼ばれまして、わたしの任務をいい渡されました」

「反対はしなかったのか？」

「命令に反対はできません。アメリカ人だからといって、恐れるようなわたしではありません。スパイは当然、射殺すべきであります。射殺の手段は、上官によって決定されたことです」

指のさきは顫えているが、中尉の態度はけなげだった。だが、テナントは背後のベンチから、その指さきに眼をそそいでいた。

「ラマール中尉、きみはその以前、ロジャーズ博士に会ったことがあるのか？」

将軍《ジェネラル》の査察使が質問した。相変わらず、ささやくようなかれの声は、しずかに室内をすべってくる。

「会ったともいえぬくらいです。テナント少佐が、ロジャーズを尋問のために呼んだとき、チラッと見かけた程度であります」

審問官は、意外だといった顔つきでテナントを見やった。しかし、少佐も査察使も、おなじように笑っていた。ひとつ冗談を、おのおのが異なる意味にとって笑っているといった様子だった。審問官は、二人の顔つきを見て、なにか愚弄された感じを受けた。

それも、これが最初のことではない。この審問がはじまってから、まるで自分は、ここにもなく茶番を演じさせられているとしか思えぬ。テナント少佐と査察使が主役で、口には出さぬ肚と肚との応酬で、やりあっているのに、自分はその真意もわからずに、おどけ役を一枚買っているといった感じであった。

いぜんとして、質問は査察使がつづける。

「で、ラマール中尉。ロジャーズ博士を見て、どんな印象を受けた？　スパイ行為をおこなう人間に見えたか？」

「どんな人間であっても、スパイになろうと思えばなれましょう」

中尉は答えた。が、答えると同時に、われながら言葉が、尊大にすぎたと気がさしたらしい。態度をいちだんとかたくしてつけくわえた。

「医学者らしい人間に見えました。どちらかといえば柔和なタイプで、といって、遅鈍な印象はあたえませんでした。背はかなり高く、青白くおだやかな顔つきで、髪はすっかり薄くなって、ほんのすこし、額ぎわに巻毛の束がのこっている程度でした」

「射撃の的には、しやすいタイプだったか？」

特使の質問は、徐々にではあるが、好意的に変わっていった。

「どんな的であろうと、ねらうとなればおなじことです」

背後から、テナント少佐が代わって口を出した。両脚を突張るように、前へ投げ出して、骨張った面長の顔を、肩のあいだにふかく沈めている。

審問官首席が、はじめて口をきった。

「ラマール中尉、答弁をつづけなさい」

「その夜、わたしは命令を実行しました。もちろん、実行しましたのは、命令にあったことだけです。車を病院の東側に駐めまして、構内を横切り、ロジャーズ邸へ足をはこびました。十時ごろでしたが、屋内の灯は消えていました。わたしは、ロジャーズ邸を瞰下ろす位置に立ちました。邸から少し離れた小高い丘でした。わたしは、自動ライフル銃を手にしていました。最初わたしは、邸内のどこにも電灯がともっていないので、テナント少佐が日をとり違えたのではないかと疑いました。ロジャーズ博士の宿直の晩ではないかと考えたのです。しかし、その丘で監視をつづけておりますと、十一時ちかくになりまして、二階の寝室に灯がともりました。そして、それと同時に、寝室の窓ぎわに、ロジャーズ夫妻が並んで立つ姿を見ました。そのとき射撃すれば、射撃できたのでありますが——」

審問官がすぐにきいた。

「だが、そのときは射たなかったのだな？　なぜだね？」

「ロジャーズ夫妻が、あまりにも、接近しすぎていたからです。婦人に弾があたるとか、危険を感じさせることは、わたしとしては好まぬところでありました」

「命令がないかぎりはだな」

また背後から、テナント少佐が口を出した。審問官は、肚立たしそうにかれを見た。しかし、少佐は眼を閉じたままだった。

「それから、数分たちまして、こんどは、かれが、ひとりだけで窓ぎわによりました。カーテンを下ろそうとしたのでした。その間、わずか数秒にすぎませんでしたが、チャンスとしては、それで充分でした。最初わたしは、かれの頭部に照準をつけました。が、距離も相当ありましたし、標的としても明瞭を欠きました。さいわいかれは、緋色のガウンを着ていましたので、まずガウンを、四等分しまして、その右上象限をねらって発射しました。一発でかれは、倒れました」

　審問官は額を拭った。

「いや、わかった」査察使がいった。「ラマール中尉、数分、きみに対する質問を中断する。休んでいたまえ」

　そしてかれは、少佐にむきなおった。テナントはすでに、両眼をひらいていた。立ち上ったが、ぶざまなくらい、おずおずした態度になっていた。

査察使はいった。

「さて、テナント少佐。ラマール中尉の証言中、きみがロジャーズ博士を、尋問のために呼んだという箇所があったな。きみも気がついたことと思うが、審問官は、あきらかにその事実が意外だったようだ。初耳だったからだ。で、きみが博士を喚問したのは、やはりモレル大佐の指示があったからか？」

「ちがいます」とテナントは答えた。「わたしの判断で呼びました」

「しかし、きみは最前、モレル大佐がロジャーズの罪を認めた以上、命令は実行あるのみといったではないか。そのくせ事実は、きみ自身もあらためて確かめたのか？」

「それはちがいます」と、テナントはいった。「わたしはただ、ラマール中尉に、目標の人物を見る機会を与えただけです。ご記憶のことと思いますが、最初のわれわれの計画は、ロジャーズが病院を出るのをねらって、射殺しようとくわだてたのでした。で、中尉が人違いをせぬように、顔を見せておいたのです」

「だが、召喚したからには、なにか質問せぬわけにもいかなかったはずだ。なにを質問したのか？」

「かくべつとりたてて、訊きもしませんでした。ありふれた事柄について、どうということもなく話しあってみただけです。他国に住んでいるものは、これといった理由もなしに、そういう目にあうことに馴れているものです。異様な表現に聞こえるかもしれませんが、母国を離れて生活している人間には、それほど奇妙な事件でもないのです」

といって、テナントはまた笑った。

「だから、相手を怒らしたわけではないというのだな」査察使は、手を伸ばして、書類入れをひきよせた。「少佐。きみは本事件に関して、意見書を提出した。厳密にいうと、きみの地位からしては、越権行為になるかもしれぬ。しかし、その点はしばらく触れぬこととして、きみが意見書に付属させた、きみとモレル大佐とのあいだの往復文書、さらにきみがロジャーズ博士を尋問したときの速記録——そうした書類からみて、モレル大佐の行動は、当然査問する必要があると考えられた。なればこそ、きょうここに審問委員会をひらいたしだいであるが、きみの説明によると、ロジャーズ博士をスパイと見る大佐の意見は誤りだと、まったく偶然の機会から発見したそうだな。それに相違ないか？」

「相違ありません」と、テナントは答えた。

「しかし、そうだとしたら、なぜきみは、大佐の指示にしたがった？　ラマール中尉への命令は、破棄すればできたであろうに」

「なればこそわたしは、公式な順序を践んで、意見書を提出しました。しかし、意見書が採用されますまでは、わたしとしてはモレル大佐の命令に服さねばならぬ地位にあります」

「罪もない人間を殺してもか?」

「そうです」

将軍《ジェネラル》の特使は、書類入れのチャックをはずして、紙ばさみをとりだした。それから、審問官をふりむいていった。

「諸君の許可を得て、これから、重要な記録を読み上げてみたいと思う。テナント少佐がロジャーズ博士ととりかわした会話を速記したもので――」

いわれて審問官は、最前からの二人のやりとりを聴いていたせいか、思わずハッとしてうなずいた。そして、言った。

「テナント少佐、気楽にするがよろしい。煙草をすってもいいですぞ」

しかし、テナントは首をふった。将軍《ジェネラル》の査察使は、薄手のシガレット・ケースから煙草を一本ぬきとってくわえると、学者めいたふとぶちの眼鏡をかけて、読みだした。

テナント少佐　博士、あなたは、この土地がいやになられた?　なんです、その原因は?　特別の理由も見受けられぬが?

ロジャーズ博士　おそらく、少佐。患者が多すぎるからですよ。くる日もくる日も、患者に列をつくっていられては、たまったものではありません。診療も、専門がどうのといっていられない。くる病や風土病はまだよいほう。この国に多い栄養失調まで、毎日のように処理しなければならない。その上、負傷者が舞い込めば、なぜ傷を負ったか、その原因を質問することは許されぬ。これでいやにならぬ医者がありますか。

テナント少佐　負傷の理由は、あなたたちの関知するところでない。医師には政治的良心は必要でないんだ。

ロジャーズ博士　この国ではね。ぼくは、外科医でしてね。傷ついた筋肉組織を癒し、盲貫銃創の弾丸をさぐり、腫瘍を切開する――それが、ぼく本来の仕事なんです。ところが実際は、病気と名のつくかぎり、あらゆるものを診なければならない。

テナント少佐　あなたの専門外の方面は、コートン博士が受け持つでしょう。

ロジャーズ博士　コートン博士は、学究としては、おそらく当代一流の人物でしょう。医学について、博士独自の理論を持っておられます。観察と、実験を、久しくつづけられた結果、疾病の諸原因を、統一的に説明する博士独自の学説を完成されたのです。ぼくはそれと反対です。手術にかけたら一応の自信を持っておりますが、理論的な医学上の理論ときては、われながら自分の畑と考えてはいません。もともと興味もないので、その方面の研究はやったこともありません。

テナント少佐　その代わり、患者を多くあつかわれる点では、あなたほどの医師は聞いたことがないですね。

ロジャーズ博士　あるいはそうかもしれませんね。あなたがそんなことにまで、関心を持っておられるとは、ぼくもこれまで聞いたことがありませんよ。

将軍《ジェネラル》の査察使は、書類をテーブルにおいた。思いやりのある微笑が、くちびるの上に漂っている。

「テナント少佐、ひどいことをいわれたものだな。返事のしように困ったであろうが」

「そう思いますか？」

「思うとも。とにかくきみは、その後しばらく、きみ独自のモラル論議で会話をつくろった上で、ロジャーズに帰ってよろしいといった。そして、博士がドアを出ようとしたところで、きみはかれを呼びとめて、博士の私信は、すべて憲兵に検閲されているが、それに気づいているかときいた。すると博士は、知っている、以前から知っていたと答えた」

　そこでまた、審問官はハンカチを落とした。テナントはそれをじっと見つめていた。ささいな動作のうちにも、内心の動きが、まざまざとあらわれるものだということに、少佐はつよい興味を感じていた。

　審問官が、おどろいて口を出した。

「とするときみは、それを相手に教えてしまったことになるが？」

　査察使は巻煙草をもみ消して、少佐の代わりにいった。

「その程度では、たんに、ある服務規定に違反したにすぎんが――」といいかけて、あとはテナントに、じろりと眼をやって、「しかし、少佐。なかなかそれは、興味ある事実のようだな。ほかの証拠と綜合すると、それではっきり結論の出てくることがある」

　審問官首席は、しきりに咳払いをした。当惑しているにちがいない。陪席の審問官たちも、おなじように意味を解しかねた。たがいに顔を見あわせて、理由もなしに照れかくしの笑いを交しあっていた。

「しかし、査察使どの、われわれには、どういう結論になるのか、理解しかねますが――

――」

将軍《ジェネラル》の特使は微笑した。審問官たちの無智を晒うわけではなく、むしろ、無理もない次第だと、うなずいているようすであった。

「むろん、テナント少佐は」と査察使はいった。「ロジャーズのスパイ行為など事実無根だと承知していたのだ。肚のない人間であれば、さっそく上官に、その疑惑の理由を申し立てたことであろう。ところがテナント少佐は、もっと人物が大きかった。かれは意見書をしたためて、直接、本官の手もとへさし出した。もちろん、官庁の煩雑なルートを通らねばならぬので、手間どることは少佐は覚悟していた。というより、むしろそれが、ねらいであったにちがいない。意見書が本官の手もとに届いたのは、すでにラモール中尉が発砲をしたあとであった。それもテナント少佐の計画のうちなのだ。そこでモレル大佐の失策は確定づけられた。かれは非難を避けることができなくなったのだ。かくてテナント少佐は、自身本官のところまで出頭して、証拠によって大佐を摘発してきた。だが、このほうは本官もとりあげなかったが――」

そこでまた、審問官首席が口を出していった。

「しかし、最前の調書――あの対話の速記を見ただけでは、どうも理解しかねますが――」

町へ近づくにつれて、風と雨がつよくなった。道路をはさんで、ポプラ並木が大きく揺れている。自動車の列の動きを喰いとめようとするのか、雨が猛然とふきつける。道路は暗く、運転にはライトが必要になった。しかし、領事にとっては、あらしは車内に吹きすさんでいるのだった。コートン博士の冷静な声が事務的になればなるほど、かれの頭は混迷した。一分ごとに、領事は顔をあげた。運転台を仕切る窓が、キチンとしめてあるか、ひどく気になるようすだった。

ドクター・コートンは飽きずにくり返した。

「といったわけで、テナントは推測したのだ。この問題では政府は静観して動かぬにちがいないとにらんだ。そして少佐は、モレル大佐の失策に気がつくと、わざと複雑精緻に持ってまわった筆を使って意見書をしたためた。それを提出しておいて、一方、モレル大佐の意図を命令どおり実行してしまった」

「そのために、人間一人殺すことになるのも気にしなかったのですか」

領事の質問はあけすけだった。コートン博士にしても、最初、その事情を知ったときは、領事と同じ気持を味わった。だからかれには、領事の受けたショックが、いかにはげしいものであるかよくわかった。しかし、飾りけのない率直さというものが、また意味もなくはかないものであることを、コートンは知りすぎるほど知っていた。それほど長いあいだ、かれはこの国——将軍《ジェネラル》が支配する国に、暮らしてきたのである。博士の眼には、領事の言動が、小学生のように単純に見えてならぬのであった。

ドクター・コートンはいった。

「むろんそれは、かれにとっても重大なことであった。だからかれは、ロジャーズの嫌疑は誤解だと知ったとき、さっそくぼくに面会を求めた。ぼくたち二人は、もともと信頼しあった仲だからだ。テナントの推察は正しい。ロジャーズが研究所の成果と称して、本国へ書類を送るなどとは、はじめからまっ赤な嘘だとわかっている。ぼくの病院は、かれに研究などをさせてはいないんだよ。そこでぼくとテナントは、なんのためにモレル大佐が、そうまでロジャーズを亡きものにしたがっているか、その理由を考えてみた。きみは、ロジャーズに会ったことがある？」

「ありますとも」領事は答えた。「何回も会っています」

「青白いインテリ・タイプで、どちらかといえば、鈍重な感じが避けられぬ男だった。仕事にかけてはいたって熱心で、りっぱな医師ではあるが、人間は正直一途で、融通のきくほうではない。ところが、その細君、ロジャーズ夫人は、きょうはヴェールをつけていたのでよくはわからなかったかもしれぬが、人も知る美人なのだ。モレル大佐が、獅子という異名で謳われているのは、きみも承知だろう——その異名は、敵をとりひしぐのに勇猛であるからでもあり、また女を征服するにも力づよかったからでもある。ただ、アメリカ人ロジャーズ夫人との仲は、細心の注意をはらって隠していたので、ロジャーズ博士はまったく気づかなかった。そこで大佐は、こんどの計画をめぐらした。この国は、絶えずスパイの跳梁と、外国からの干渉におののいている。だから、ことスパイに関するニュースとなると、なんであろうともそのまま鵜のみに信じられる。それにくわえて、将軍《ジェネラル》は、獅子が進言する場合は、一応なにごとであろうと、受け入れると信じてよい理由があるのだ。かれは往年の同僚だったのだ」

雨がますます烈しくなった。領事は思わず、顔をあげて車外を見た。雨しぶきで、道路は眼に映らなかった。大粒の水滴が、窓ガラスに躍って、滝のように流れ落ちる。

「すごい驟雨だな」領事はいった。「でも、これがやめば、涼しくなるでしょうね」

そのひとことで、領事はコートン博士に、話題を変えるきっかけをあたえたつもりだった。しかし、相手はすました顔で、話のさきをつづけていた。かれとしてはこの際、将軍《ジェネラル》の国では、どのようにして政治がおこなわれているかを、領事の頭に叩き込んでおきたかったのだ。

「《獅子》は性質こと残忍で粗暴をきわめているが、手腕はうわさだけのものがある。才気縦横と評してさしつかえない男なんだ。そのかれとテナントが、ながいあいだ、おのおの鷹のような眼光で、相手の隙をうかがっていた。たがいに、敵手が思わぬ失策をする機会をねらっていたのだ。で、こんど、テナントがその機会をつかんだ。モレル大佐が、将軍《ジェネラル》を怒らす唯一の罪を犯したのだ。個人的な慾望のために、憲兵隊のちからを発動させたからだ。テナントはわざと、阻止しようとしなかった。かれは、モレル大佐の計画を逆用して、かれ自身のわなに陥してしまったわけだ」

「その代わり、人間の生命を奪ってしまった」と領事はいった。「少佐は、そのわなのために、罪もない人間を一人殺してしまったのです」

が、領事はそういったとたんに、博士の顔に微笑の翳が拡がっていくのを見た。なにもかも心得ているといわぬばかりの微笑だった。で、コートン博士はいった。

「テナントはそれ以前に、射殺させてしまったんだ。その経過はいまきみの口から聞いたばかりじゃないか」

そういっただけで、博士は前方の窓ガラスを眺めていた。雨が条をなして流れ落ちているあいだに、博士自身の顔が映っていた。

「おれも変わったものだ」かれはこころのうちにつぶやいていた。「むかしはおれも、この男とおなじ気持だったが――」

微笑が消え去ると、どこか当惑したような表情がしらじらと博士の顔に残っていた。

査察使は審問官に言った。

「ロジャーズの陳述で真相はすでに判明した。かれに対する嫌疑は、研究所における実験の結果を煙幕として、かれの本国へ報告書を送っているという点にあったが、そのかれがテナント少佐に告げた陳述によると、医学理論の研究には興味がないので、実験はぜんぜんしていないという。実際、医学上の学説を樹立し、疾病の原因を究明するとかいった、そうした理論医学的方面の教育は受けておらぬらしい。その言葉だけからみても、かれが、モレル大佐のいうように、本国と通信していた事実がないのは明らかだといってよいと思う」査察使はさらに、笑ってつづけた。「かりにロジャーズがスパイであったとしたら、肝心のカモフラージュを、自分の口から否定するとは、話のほかの愚鈍だといわねばならぬ」

「まったく話のほかです」

テナント少佐としては、はじめて述べた意見だった。

審問官首席は、またあらためて、テーブルを隔てて顔を見あわせている二人を眺めた。いったい、将軍《ジェネラル》はなにを望んでいるのか、それさえわかればとかれは考えた。そして、無言のうちに、願うように査察官を見た。が、将軍《ジェネラル》から送られた使者は、このときにかぎって、同情的ではなかった。

審問官はいった。

「テナント少佐、きみの意見書は、妥当であることを承認する。《獅子》に対する告発は、理由ありと考える。しかし、それはそれとして、なおこの事件には、その結果として、殺人が生じている。アメリカ人が射殺されておるのだ。そこで当然、わが国としては、この事件の顚末を、アメリカ領事に説明せんければならん」

審問官首席は、テーブルの上にからだを乗り出して、真剣な表情をみせていた。その言葉も、ささやくような音声ではなく、するどく、甲高いくらいにひびいた。

「われわれにしても、それほどうつけものではない。きみの肚は見てとれる。きみはモレルを失脚させるために、故意にかれの命令を実行に移した。きみの計画は図に当った。モレル大佐は憲兵隊長を免ぜられておる」

「気の毒なことをしましたな。遺憾のきわみです」

テナント少佐はいって、狼に似た笑いを洩らした。わざとかれに、肚のうちをあきらかにみせるかのように……

「いや、実際遺憾のことだ」査察使はいった。「あれだけ抜け目のない男のことだ。おそらくかれであれば、アメリカ領事への申しひらきについて、なにか名案を持ち出してくれたであろう。ほかにそれだけの智恵者がおれば、当然モレルが追われた地位に坐ることになろうが――」

テナントはまた声を立てて笑った。

「わたしのことですか？　なにもわたしは憲兵隊長を希望していません。わたしはただ、上官の命令を実行に移しただけです。もちろんわたしは、人を殺してまで、姦通をつづけようとする男を好まなかったのは事実です。しかし、それはそれとして、あの殺害事件をとくにあらためて、アメリカ領事に説明する必要はないと思います。モレルが胸に抱いていた動機を、そのまま発表すればよろしいでしょう。動機はのべる。殺害犯人の名はいわぬ。動機をもっぱら、個人的理由とするのです」

査察使の眼は、しばらくラマール中尉の上にそそがれていた。

「しかし、ラマール中尉、きみの犯行だということは否定できんぞ」とかれは、叱責するような声でいった。「きみとしても犯人と自認したほうが、気が軽くなろう」

ハッとして、ラマールは顔をあげた。肩をすぼめて椅子にかしこまっていた中尉は、痙攣的に身震いをはじめた。

「それはいかん」とテナントがいきなりさけんだ。「中尉に命令したのはわたしです。わたしの命令は、わたしが責任を持ちます。身代わりの羊は必要としません」

査察使は、ため息とともにいった。

「なるほど、きみのいうとおりかもしれぬ。では、少佐、思うとおりにするがよい。こんどの事件でのきみの功績には、充分それだけの価値があった。働きぶりが、いささか異常な方向をとったことは遺憾だったがな」

そういってまた、査察使はわらった。テナントのそれに似て、より以上に惨憺な笑いだった。

「ラマール中尉、起立したまえ。証言をつづけろ。記録をとっておく必要がある。最後まで陳述をつづけねばならぬ」

なんというサディストであろう、とテナントは思った。もっとも、一見謹厳な、牧師的風貌の人種にかぎって、こういうやからが多いものだ。なにも知らぬものは、残虐なタイプは、大言壮語を吹きまくる連中にあると考えるが、それは大きな間違いなのである。いうなればかれは、テナントに対するかれの意図を挫折したのだ。その残虐を、代わりに若い将校に向けているのである。この将校はなんら褒賞にあたいしないからだ。それにしても、かわいいやつじゃないか。とテナントは思った。実際かわいいやつなんだ。

そこで少佐は言った。「話のつづきは、私が代わります。かならずしも中尉をして証

え。さあ、中尉はじめてもらう」

「いや、少佐」と査察使は、するどくいった。「きみはあくまで証人だ。坐っていたま

言させる必要はない」

「どこからはじめますか、閣下？」

とラマール中尉は質問を発したが、指示は少佐からあおごうとするように、そちらへ眼をむけた。テナントは腰を下ろして、眼をとじていた。が、うす汚れた軍服に、両手を突込んだままでいった。

「中尉、話したつぎからはじめればよいのだ」

若い中尉は、無意識のうちに、壁にかかった将軍《ジェネラル》の肖像の左眼のあたりに眼をやった。

「わたしはライフル銃を下ろして、車にもどりました。そして、いそいで兵営にかえって、服をぬいでいますと、憲兵隊から電話がかかりました。すぐに、ロジャーズの邸へ出向くようにとの命令でしたので、ただちに駆けつけました」

「で？」

「すでに門口は制服の兵士がかためていまして、わたしの姿を見ますと二階へ導きました。そこにはテナント少佐がおられました。少佐に、例の部屋へ連れていかれましたが、見ますと――」

「どうした?」

急に中尉は、両手で顔をおさえた。そのすすり泣きが、鎮まりかえった部屋いっぱいに拡がっていった。

「どうした?」

「申せません」ラマールは指のあいだから声を出した。「申し上げることはできません」

テナントはおどろくほど敏捷に立ち上った。審問官は唖然とした。これだけの男をなぜいままで、不器用と思い込んでいたのか。

少佐はすすみ出て、査察使の顔をさげすむように見下ろした。つづいて、若い中尉をふりむいて、

「中尉、心配することはない。きみが犯した罪でない。きみが犯罪と思い込んでいるにすぎないのだ。気にしないで述べればよろしい。自分の行為は、堂々と話せばよい。隠す必要はないんだ」

ラマール中尉は指を顔から離して、テナント少佐を見た。

「話すんだ!」

テナント少佐は言いきって自席にもどった。若い中尉はいった。

「床の上に倒れていた死体は、モレル大佐でした。まっ赤なドレッシング・ガウンを着ていましたが、わたしは誤って、《獅子》を射撃したのでした」

「叛逆と血か」アメリカ領事はいった。二人の車は、すでに街中を走っていた。雨はやんでいた。降りだすのも急であったが、霽《は》れるのもはやかった。空気はすっかり冷えていた。白堊のビルディングが、洗いあげたように爽やかに映って、手を触れて、こころの汚れを清めたい思いだった。

コートン博士はいった。「そうさ。この国においては、すべての行動は、その二途にかぎられる。それを避ければ、なにごとにも手を出さずにいるよりほかに方法はない。ロジャーズはしばらくおくとして、モレルは残虐非道の男で、しかも将軍《ジェネラル》の旧友なんだ。殺さぬかぎり、その行状をおさえることはできぬ。やつはテナントに、隙をみせた。テナントはぬかりなく、つかんだ」

「ロジャーズは――」

領事は打ちのめされたような気持で、声も言葉にならなかった。

「ロジャーズは逮捕されている。妻の愛人を撃ったという嫌疑でだ。だが、かれはまもなく釈放されるだろう。テナントがぼくに約束しているからだ」

しかし、領事はいった。

「あなたはどうも、あの男を信用しすぎるようですね。やつにしてからが、この国のほかの連中とおなじですよ——狼のなかの狼でしょう」

「狼にかこまれて住むには、仔羊でいるのが賢明だということを忘れんがいいぜ」

コートン博士はそれとなく教訓した。かれは領事の人柄を愛していたからである。

「どっちみちこれは、かれらのあいだの事件ですな」と領事は評していた。

「それはそうだ」博士もいった。「だがきみたちは、モレル殺害事件にぼくが一役買っていた事実を知っているかね？」

領事はぼんやりと、政庁建物正面の、フレスコ壁を眺めていた。そのままの姿勢で、こころの動揺が鎮まるのを待っているのだった。

「あなたが一役くわわっている？」

「それでぼくが」とコートンはいった。「あの夜ロジャーズを呼んだ意味がわかるんじゃないか。電話して、宿直を代わってくれと頼んだのさ。日が暮れるがはやいか、かれに病院にきてもらった。それというのも、ロジャーズ夫人に、愛人への電話をかけよくさせるためだった」

領事はおどろいてさけんだ。

「ではあんたは、まえから知っていたんですか？　この事件が起こるまえから、二人の仲を知っていたのですか？」

「ある晩」とコートンは答えた。「《獅子》がぼくを病院にたずねて、患者を一人、拘引したいといってきた。そのときぼくは、ある事実に思い当った。かれはすでに、かなりの年輩であって、腕の灰色の毛もまばらになっている。にもかかわらず、その頭を見ると、まっ黄色の髪の毛が、つやつやと光を放っている。で、ぼくは、かつらだなと気がついた。ほかになんと説明するかね？　大佐は、《獅子》の異名に叛かぬようにしているのだ。ぼくはそれを、テナントに話した。そこでかれは思いついたにちがいない。どんな見え坊の男にしても、寝室へ入ったときは、かつらをぬぐものであると。そこでテナントは、ロジャーズを射殺する場所を、かれの自宅ときめた。それも、相当はなれた距離から、ライフル銃で撃つように命じた。ロジャーズの頭は、ほとんど禿げ上っていて、髪といっては、わずかに巻毛が、額ぎわに残っているだけだ。テナントの部下をして、モレル大佐をロジャーズと間違えさせるのは容易なことだった。ロジャーズの寝室で、かれの妻を抱いているのを見て、だれが、ほかの人間を想像するであろうか？　かつらをとれば、モレルはロジャーズそっくりだった。そこでかれは、ロジャーズの身代わりとして射殺された」

自動車は裁判所の前を通りすぎた。審問委員会のメンバーが出てくるところだった。——汗かきの小男と、牧師タイプの長身の男。最後に出てきたのは、テナント少佐だった。領事はかれを、あたらしい興味でながめていた。ほかのメンバーは、階段の片方のはしに集まっていたが、テナントはその連中と、言葉も交わさなかった。軍服のポケットから葉巻をとり出して、そのはしを歯で嚙みきると、雨にあらわれた大理石の上にペッと吐いた。火もつけぬ葉巻を口にくわえたまま、半ば以上ボタンをはずした軍服のポケットに手を突込んで、足をひきずりひきずり、石段を降りていった。その姿はすぐに領事の視野から消えていった。

良心の問題

The Point of Honor

軍曹がアメリカ人の医師を、尋問室に案内してきた。部屋にはいると、すぐにドアをしめた。国務省内のどの部屋ともおなじで、いうところの《モダーン》に装飾してあるが、一年もたてば、古くさいといわれる運命である。部屋のおくには、ブロンド色の樫材のデスクが、ふたつ、大きく坐っている。そのあいだに窓があって、暮れそめた広場が見渡せる。医師は、片隅にある尋問椅子に眼をやった。数個のアーク灯にくっきりと浮かびあがっている。光源は小さいが、おそろしく強力な照明である。反対側の壁面には《将軍《ジェネラル》》の色彩写真がかかっている。でっぷりした上半身を、純白の軍服に包み、おだやかな微笑を浮かべて、まるで睡ってでもいるかのような表情である。幾千人という民衆の胸に、讃仰の念をかきたてるには、このように柔和な睡たげな表情が必要なのであろう。

軍曹が、デスクにならんだ椅子をしめすと、コートン医師はそれにかけた。医師は最初、軍曹の質問に答えたことによって、自分の役割は終了したつもりでいたが、いまこの部屋へ案内されてみて、それはまだ、糸口を切ったばかりだと知った。

「これから、少佐どのの尋問があります」

と軍曹がいった。まるまるとした顔は、見るからに若々しいが、どこか動作がおどおどしていて、好人物であることは間違いなかった。

「少佐の名は？」

疲れているのか、医師の声はとげとげしかった。

「テナント少佐です」

「憲兵将校？」

「以前は、そうでした。ジェネラルが統治されるようになって、憲兵ではなくなりました。あの方は、党籍がありませんので――」

若い軍曹は自分の襟を、指のさきで弾いてみせた。誇らしげな顔付き、党章が光っていた。

「それに少佐は、協調的なところがありませんので……ですが、非常に頭のよい方でして」

コートン医師は、皺だらけのコール天の上着から、アメリカ煙草の袋をとりだした。軍曹のまえにさしだすと、若い兵士は、首をよこにふって、

「ドクター、この国の煙草はおきらいですか？　よい味だと思いますが」

医師は黙って、首をわきへむけた。煙草に火をつけると、日の落ちきった広場へ眼をやった。彼がこの、地中海に面した小国に移り住んでから、このような気持を、幾度経験したことだろう。半ば腹にすえかねるような、それでいて、どこか、恐怖に駆られる気分である。

断続して、サーチライトが、広場を横切って過ぎた。そのたびに白堊の建物の群れが、くっきりと輪郭を浮かび上がらせる。それぞれの屋根には、機関銃を持った哨兵たちが、半ばくつろぐようにうずくまっている。コートンは眼もはなさず、光と闇とが、交互にあらわれては消えるのをながめていたが、背後で、ドアがあく音を聞いた。彼はふりかえった。

テナント少佐が、足をひきずるようにしてはいってきた。コートン医師のそばまでくると、細長い右足を、ぎごちなく前へ出した。おどろくほど長身の男で、軍服のボタンは、半数近くはずしたままだし、顔は剃刀をあてたようすもない。青白い顔は、頬がげ

っそり肉を落とし、濃茶の眸に大きく影を投げているまぶたが、睡眠剤の常用者であることを教えている。

ゆっくりと、椅子に身を落とすと、義足のほうを、注意ぶかくデスクの外がわにのばした。これでやっと、コートンのそばに落ち着けたわけだ。

「わたしがテナント少佐です。ドクター。二、三、お訊ねしたい件がありまして、ご足労をわずらわせました」

コートンはうなずいた。

「お疲れでしょう、ドクター」と少佐はいった。「私も疲労しきっております。しかし、さいわいといいますか、おたがいに職業がら疲労には慢性の気味です。しかし、質問は直截にして、むだな時間を省くよう、心がけましょう――では、うかがいますが、あなたがブレーマン家に呼ばれたのは、ブレーマンの絶命後と聞きましたが、それに相違ありませんか?」

「息をひきとったばかりでした。ぼくが到着する、ほんのすこしまえに死んでいます」

「では、第二の質問――無遠慮はご容赦ねがうとして、ブレーマン家の召使たちが、とくにあなたをお呼びしたのは、どういう理由からなのです? ああした場合、外国人の医師を招くのは、通常とはいえませんが――」

コートン医師は、いらだってきたようすで、椅子のなかでからだを動かしはじめた。「それはもう、ここにおられる軍曹に説明しました。調書をお読みになればわかりましょう」

「それは拝見しました」テナントはいった。「だが、あれでは、なぜあなたをお呼びしたか、はっきりしません」

「ぼくはブレーマンの主治医でした」コートンは、わざと、機械的にいった。「五年以前から、ぼくはかれを診ていました」

「どこがわるかったのです？」

「消化系統です。病状はかなり進んでいました。つねに診察をつづけていないと危険なくらいでして、毎日、大量のインシュリンの注射をしていました」

「あなた自身が注射されましたか？」

「いつもそうとはかぎりませんでした。ふだんは、自分でしていましたが、ときどきぼくがすることもありました」

「インシュリンは皮膚注射でしたね——場所は腕ですか？」

「他人にしてもらうときはそうです」

「その腕に、なにか異常を認めませんでしたか？　その右腕ですが？」

「数字が刺青《いれずみ》してありましたが、あのことをおっしゃるのですか？　ブレーマンはドイツの捕虜収容所に、五年間抑留されていました。アメリカ軍によって解放されなければ、おそらくあの地で死亡したことでしょう。ドイツ軍は捕虜の腕に、あのように収容番号を刺青したのです」

「収容人員が、それほど多数だったのです。なにかのしるしをつけんことには、混乱おそれがあったのでしょう。それに設備が話にならぬほどのひどさで、の病気も、そこで罹ったものにちがいないのですな」

「ところが、それはちがうのです」コートンはいった。「そのときは、もう病人でした」かれは巻煙草をおしつぶして、「これですみましたか？　もうだいぶおそくなりました」

「あとすこしです、ドクター。大体はおわりましたが――ブレーマンと呼ばれていた男、六四四三二の番号がついていた男は、ピストルで殺されました。以前ドイツ軍に抑留されていた男です。犯人はその場で、召使たちの手で逮捕されました。その召使たちは、まずあなたを電話で呼び、ついで、憲兵へ知らせました。憲兵は金庫が破られているのと、死体を発見し、犯人を拘禁しました」

くろいまぶたの眼が、コートン医師をじっと見つめて、「あなたは、このブレーマンという男を、どの程度ご存知なのです？　医師と患者のあいだ以上に、どこまで知っておいでなのです？　あの男の過去を聞いておいでですか？」

「五年間を、死の収容所で過ごした男に、過去を訊くようなまねはしたくない。当時を想い出させるような愚はしたくないのです。聞いたぼく自身がどきっとさせられるような話でしょう。ぼくがこれまで住んでいた国では、そうした収容施設はありませんでした。この国ではどうやら、事情がちがうようですが――」

睡むたげなまぶたを、カッとひらくと、少佐の眼は、この国の人々の、ものやわらかな茶色の眸とはちがっていた。

「もちろん、この国には抑留施設があります。治安が完全に回復していないからです。なにぶん、革命がありましたから――」

「革命以前でも、治安は定まっていなかった――が、その当時は、収容所を持っていなかったと聞いていますが」

「それはそうです。将軍《ジェネラル》が、実力行使の必要がくり返されるのをきらわれるからです」

茶色の眼が、壁間のけばけばしいカラー写真をチラッと見た。

「革命以前は、国民の一人が殺されても、犯人が逮捕されれば、あとの処理は簡単でしょうな」

テナント少佐は、両手を顔にあてて、頬をこすっていた。その手を下ろしたとき、鷹を思わせた眼は、またもとのやわらかさにもどっていた。

「しかし、ドクター。これは簡単には片づきません。それどころか――」

少佐は笑った。くちびるが、わずかに割れて、汚れて不揃いの歯がのぞいていた。

「これは単純な殺人事件とはちがうようです」

「すると、犯人の身柄は、わかっているのですね。憲兵が捜していた男でしたか？」

しばらく間をおいて、少佐が答えた。

「われわれ憲兵だけでない、各国の軍隊が捜していました。全ヨーロッパが、かれを追っていたのです」

そのときはじめて、コートンを嗤っていたかたくなな無関心が、かれの気持を遠去かるのを感じた。

「どういう男です？」

「フォン・ヘルツィッヒという名を聞いたことはありませんか？　フォン・ヘルツィッヒ大佐です」

コートン医師は首をふった。

「なるほど、そうでしょう」少佐はいった。「ここではほかの国とちがって、ニュースが自由に伝わることが少ないですからね。スコルツェニイのことを聞いていませんか？ フォン・ヘルツィッヒという男は、ヒットラー親衛隊《エス・エス》のうち、特殊部隊の指揮官だったのです。ルントシュテット突破作戦のとき、アメリカ軍の服装で、前線へ潜入したのが、彼の部隊でした。その後、連合軍捕虜のとり扱いに、かなり苛酷なものがあったようです。終戦当時、かれの部隊は、特別のせん滅指令を受けて、残虐の名をとった収容施設の隠滅を計りました」

「そうでしたか」

コートンはいった。かれ自身が、忘れ去ろうとつとめていた記憶をあらためてまたつつかれた気持だった。

「想い出しました。ぼくもそのころ、ドイツにおりました。アメリカ軍に属していました。ぼくの連隊は、いまあなたのいわれた、《不快な事実》を発見しました――死体の山でした。ムルブルグのキャンプが解放されたとき、生存者はわずか三百人でした。で――」

とかれは、思い出した光景に、胸がむかついてくるのと闘いながら、

「この事件は、あなたのお手柄でしたね。犯人の正体は、立証できましたか？」

テナントは笑って答えた。

「何回か調べまして、充分な証拠を確認しました。自信を持って、確認しました」

「それはおめでたい」コートンはしずかにいった。「お祝い申しあげます。それではぼくは、釈放してもらえますね」

「お気の毒ですが、ドクター。それがまだ、いまのところ、むつかしいのです。お聞かせしておくべきだと思いますが、この事件には、将軍《ジェネラル》がとくに関心を持っておられるのです。ある重要人物が介入しておるからなのですが、そうした関係上、将軍《ジェネラル》の指令によって、あなたの保護検束を、さらに二十四時間、継続しなければならぬ状態です」

それでもコートンは、冷静に相手の顔を見つめることができた。が、つづいて口をひらいたときは、おさえにおさえた忿懣が、一度に爆発したいきおいであった。

「電話をお借りしたい。アメリカ公使館に連絡をとらしていただく」

「それも無駄でしょう、ドクター。二十四時間のあいだは、アメリカ政府としても、いかんともしがたいのです。いずれそのあとは、即刻釈放されるものときまっておりますが」

「で、この事件に関連している重要人物とは、フォン・ヘルツィッヒ大佐のことですか？」

そこでまた、テナントはコートンに、例の不快な微笑をみせて、

「もちろん、そうでしょう。ブレーマンが重要人物ということはありますまい。あの小男の亡命者ではね。もちろん、フォン・ヘルツィッヒです」

彼は手を、足の上において、いたわるかのような恰好で立ちあがった。

「では、ごいっしょにおいでねがいます」

「ぼくが見たところで、どうなるものでもなかろうに」

「とは思いますが、とにかく、ご足労を――」

コートンもむっとしたようすだが、けっきょく立ちあがった。軍曹が飛んでいって、ドアをあけた。少佐とアメリカ人の医師は、そろって廊下へ出た。ひと気のない廊下が、螢光灯の間接照明で、死人のように青ざめていた。テナント少佐はぎごちない足どりで、ゆっくりと歩いていった。医師は肚の虫がまだおさまらぬようすで、さっさとさきに歩いていった。

「ドクター、いそがんでいただきたい。かなりむかしの話ですが、私は義足になりました。戦争で受けた傷ですが――」

コートンはなにもいわなかった。無言のまま、二人はエレヴェーターに乗った。また、テナントはいった。

「たしか、あなたがこの国へ移られたのは、終戦間もなくのことでしたね」

「ええ」コートンの返事は、そっけなかった。「戦闘行為につくづくいや気がさして、気分転換のつもりでした。きてみると、ここでもいろいろ、仕事がありました」

「そうでしょうな」テナントはうなずいた。

エレヴェーターを出ると、うすぐらい照明の廊下だった。壁を塗ったのは、よほど以前のこととみえて、いたるところペンキが剝げていた。

「義理にも清潔とはいえません」テナント少佐は言い訳をした。「囚人を収容する場所でして、それも、あなたのような名だけの囚人とちがいますので──」

彼は軍曹に合図をして、ドアをひらかせた。そのなかは、古い机やテーブルが、乱雑に散らばって、弾薬箱の類も積んである。中央にテーブルをすえて、裸に剝がされたブレーマンの死体が、カヴァーもかけずにおいてあった。

コートンは、刺すような視線を、テナント少佐にむけたまま、死体のほうは見ようともしなかった。医者である彼として、死体などべつに、めずらしいはずはない。それでいて、やはり、不快な感じをまぬかれることはできぬ。ことに死体置場《モルグ》の台の上とあれば、いっそうその感がふかいものだ。しかし、いま目の前にあるこの死体ほど、吐き気を催すようにいやらしいものはなかった。なにか崩れたような頽廃した感じだった。

テナント少佐は、台のわきに歩みよった。小がらで小ぶとりの、邪気のない感じの死体が、すっ裸のままで横たわっていた。

「ドクター、確認していただきましょう」

コートンはふりかえって、まるまっちい顔を見た。生前、ふちなし眼鏡がのっていた鼻の上に、その痕がなお残っている。右手に、無残な刺青が見える。

「ブレーマンです」かれはいった。

少佐はデスクのはしに腰を下ろして、あごで軍曹に合図すると、かれは出ていった。テナントは軍服の上衣から、くしゃくしゃになった細い葉巻をとり出した。はしを嚙みきり、床へ吐きすてると、火をつけた。そのあいだに、コートンは部屋のおくまでいって、そこに立った。

しばらくして、軍曹がまたはいってきた。看視兵が二人、囚人を連れて、あとにつづいた。囚人は、少佐ほどではないにしても、やはり足をひきずっている。長身の、頑丈なからだ。天気がよいのに、黒い軍用防水コート《トレンチ》を着て、両手をポケットにつっこんでいる。入口で看視兵の手をふり払うと、ずかずかと部屋の中央へ進んで、テナント少佐の正面に立った。角ばった大きな顔に、薄すぎるくらいのくちびるが、妙に残忍な印象をあたえる。コートンは気がついた。たしかこういう顔を、メキシコの古代像に見たことがある。

「用件？」

はっきりした声がいった。長いあいだ、命令する地位にあった声だ。

テナント少佐は、デスクからすべり下りて、四人と向きあって立った。葉巻が指のあいだで燃えている。少佐はそれでテーブルを指ししめして、

「もう一度、見せてやろうと思ったのだ」

フォン・ヘルツィッヒは、はじめて死体に気がついたように、そばへ近よって、見下ろした。コートンは見ていた。その残忍な口のすみが、ひきつるようにゆがんで、微笑に似た表情が浮かび上ったのだ。

「豚め！」

いったなり、彼は顔をそむけた。

コートンは壁をはなれた。テナント少佐も、鷹の眼に返った。医師と視線があって、二人たがいに、顔を見あわせていた。フォン・ヘルツィッヒはぐるりとむき直って、不思議なほど無関心な足どりで、少佐の前へ歩みよった。

「わたしを呼んだ用件は？」

「殺人は、この国では、重大犯罪だ」テナントはおだやかな声でいった。

「犯罪が立証されたときのことだ」

微笑が、少佐の顔いっぱいに拡がった。くちびるのあいだから、うす汚れた歯がのぞいている。

「将軍《ジェネラル》はフォン・ヘルツィッヒを、即座に連合軍に引渡すだろう」

「かれが逮捕されたときのことだ」

テナントの眼が、大きくあいた。茶色の瞳がきらっと光った。

「まだ逮捕しておらんというのか」

囚人は部屋の中央で、ぐるりと向きを変えて、背中をみせた。

「少佐、聞いてもらいたい。その男は――さあ、なんといったらよいか――問題の人物であるとみとめられる書類を所持していた。それが、彼の不運だった。しかし、この男は、危険な人物なのだ。この国の有力者間に、友人を多く持っておる。党に所属せぬ憲兵少佐よりは、はるかに勢力のある人々のうちに――少佐の立場としては、間違えたといって、釈放してしまうのが賢明だと思うが――」

テナントは葉巻をつよくすって、

「それも考えなかったわけではない。そう計らうこともできたのだ。だが、最後の断は将軍《ジェネラル》にある。将軍《ジェネラル》はこの事件に、なみなみならぬ関心を持っておられる。一度会ってみることだな」

フォン・ヘルツィッヒは一礼して、

「お会いしよう」

コートン医師が、二人に近よった。

「テナント少佐、この事件は、ぼくの国にも関係がある。アメリカ政府もこの男を捜しているのです。アメリカ人を多数虐殺した戦犯です」

「この男が?」テナントは訊きかえした。「しかし、それには証明がいる」

「簡単にできることです」コートンが、いった。「この連中は、世界中の国々から追跡されている人間ですから、どこの国の警察に問いあわせても、記録があるはずです」

テナント少佐は、ため息をついて、

「簡単に調査できればよいが――他日、ほかの連中は逮捕されるかも知れんが、あの大佐にかぎって、度胸がよかった以上に、狡猾であった。証拠になる写真を、一枚も残しておらんのです。したがって頼るものは、人相書だけというわけですが、これがまた諸説紛々といった状態で、どれが正しいかかれの人相が判明しない。おそらくあなたは、なにかきめ手をご存知なのでしょうが――」

テナントの言葉は皮肉だった。

そばで、フォン・ヘルツィッヒは、肩をゆすって、

「簡単にちがいない。不可能ときまっておる」

どんな攻撃にも耐えることができると、ことさらに誇示してみせるかのように、うすいシガレット・ケースの、潰れかかったのを、ポケットからとり出した。上蓋に、ヒットラー親衛《シュッツ・シュターフェル》隊の身分を示す、ギザギザの電光模様を、二つ並べて、金色に鏤めてあった。

コートン医師は、胸のうちに憤怒が湧き上ってくるのを、かろうじておさえつけながら、平然とした顔付きで、巻煙草を口へ持っていく、相手の男を見つめていた。見ているうちに、記憶の断片が、おぼろげに浮かびあがった。忘れかけていた戦時中の伝説である。それは、こころの表面を、横切って、すぐに消えかけたが、かれはあわてて、それを捉えた。

「そうだ」と勢いこんだ語調でいった。「Sの刺青がある」

はたして、相手の、不恰好にふとい指のさきが、かすかにふるえた。が、マッチの火に照らしだされた顔だけは、石のように動こうともしない。

「なんのはなしです?」テナント少佐は、しずかにきいた。

「わかりませんか?」コートンはいった。「世間のうわさによればこの男の属していた部隊は、Sの字を二つ、腕の、拳の上にあたるところに彫っていたそうです」

テナントは葉巻を、床のうえに捨てて、念入りに踏み消した。それから、顔をあげたが、その眼は、当惑そうに曇っていた。

フォン・ヘルツィッヒがいった。

「このひとのいうとおりだ。少佐、親衛隊員は全員、腕に刺青をしていた」

というと、かれは巻煙草を口へ押しこんで、トレンチコートのボタンをはずしだした。ぬぎおわると、床の上におとした。下に着ている白のポロシャツは、袖がみじかかった。その両手をかれは、前へつき出して、

「が、私には、そのマークがない」

両腕は陽に焼けて、黒い毛が密生している。だが、刺青の痕はなかった。テナント少佐は、はぐらかされたような表情で、コートンの顔を見た。

が、アメリカ人の医師は、

「さしつかえなければ、ぼくに験めさせてもらいます」

と、けがれたものにでも触れるように、医師はフォン・ヘルツィッヒの指先を持って、ぐいとひいた。そして、その二本の腕をながめていたが、急に、目をあげて、いった。

「これです。テナント少佐」

テナントはかがみこんだ。

「これは、皮膚を移植した痕跡です。相当以前に手術したものですが、識別できぬこともない」

そして、このときはじめて、医師はフォン・ヘルツィッヒにいった。

「フォン・ヘルツィッヒ。このやり方は、卑怯だとはいえんか？　バットンの部隊が、腕にSSの刺青を持つドイツ兵を捜していたからだな？」

「ドクター・コートン」とテナントが横からいった。「ことさらにわれわれの立場を、困難にさせられても迷惑です。あなた自身も、せっかくこの国でよい評判をとられたのに――皮膚を移植した手術の痕があるだけでは、戦犯として捕える証拠には不充分です」

「ほかの事実と綜合したらどうなるんです？　ぼくの眼にはこれだけで充分とみえますが――おそらく、アメリカ代表部にしても、ぼくと同意見であると信じます」

そういう医師を、テナント少佐は、しばらく見つめていたが、悲しそうな表情に変わって、

「ドクター、この土地に住みつかれたにしては、あなたはこの国の事情に理解が足りんようですね。もう少しお考えにならんことには、あなた自身がご損だと思いますが……いや、おわかりになれたはずですがね――」

そして少佐は、もう一度、ため息をついてからいった。

「出かけるとしましょう。将軍《ジェネラル》が待っておられる。ドクター・コートン、あなたもごいっしょにねがいましょう。将軍《ジェネラル》はあなたにもお会いになりたいといわれるでしょう」

医師は、わざと皮肉な色を、顔いっぱいに浮かべ、喉のおくで声をだした。

「お会いしてもよろしい」

三人は、ドアにむかって歩きだした。テナント少佐は、だれにというわけでなく、何についてというわけでもなく、悲しげに顔をゆがめて笑ってみせた。

そして、少佐は衛兵にいった。

「囚人は、装甲車で運べ。ドクター・コートンとおれは、軍曹の車でいく」

廊下へ出るとき、フォン・ヘルツィッヒは、あらためて死骸を見て、「豚め」といって、つばを吐いた。拇指で、無意識のうちに、巻煙草をほごし、煙草の葉を床へ撒いた。紙は小さなたまに巻いて、指さきではねとばした。コートンは知っていた。これは、古い軍人がよくやる動作なのだ。

車のなかでは、コートンは顔を、テナントからそむけたまま、戒厳令下のくらい街並から眼を離さなかった。防音ガラスの窓をしめきって、軍曹は慎重に運転していった。いたるところで、車は哨兵に止められた。

市内に見える人影は、武装した兵士だけで、これは白い墓場だった。コートンとしては、この国に移り住む以前から、絵画や写真を通じて、馴染みのないものでもなかったが、まるでどの建物にも、人の住んでいないような——いや、これではだれにしても、住む気がしなくなるような寒々とした姿だった。

ややあって、テナント少佐が医師にいった。「わたしは長いあいだ、戦闘員であると同時に憲兵であった。それが当時の、私のなやみでした。義務を果すのにどんなに困難を感じたことか。私の行動の結果が、つねに私の懊悩の種でした」

コートンはだまったままだった。

「だが、私はそれを、拒否することを許されなかった。こころに反して、行動せねばならぬことが間々あるものです。思うに人生とは、愉快なものではない。医師のあなたに、お話ししても通ぜぬことかも知れないが——」

コートンは、窓の外から視線を離さずに、「職業をくらべあうのはよしましょう。あなたとぼくは、比較できる性質ではない。医者と軍人ならばとにかく、なにせ、医師と狼ですからね」

「あなたが不快に感じておられるのはわかります。あなたがあの男をフォン・ヘルツィッヒだと確信しておられるのに、わたしがあの男にフォン・ヘルツィッヒでないといわせる機会をあたえたからでしょう。わたしにしても、かれが本人であることを信じているのです――が、あなたには、その立証ができない。所詮は、将軍《ジェネラル》の言葉ひとつにかかることになります。わたしには、かならずしも立証できぬわけでもないが――まあ、いずれにせよ、あなたの頭を悩ますほどのことではない。亡命者が一人、殺されただけ。それもあまり大物でない――ものの数にも入らぬ程度の男が。一方――」

テナント少佐はいいかけた言葉をうち切った。しばらくして、調子を変えて話しだした。

「奇妙な話です。戦前の軍隊は消滅した。解散させられてしまったのです。主要人物の多くは、捕われて、そのうち、連合軍の手によって処刑されたものも少なくない。しかし、いまもなおある者は、軍隊の再建をひそかに計っている――某国においてです。大部分は、所々の戦場で殪れているが、そのごく少数――たとえばフォン・ヘルツィッヒのごときが、ヨーロッパと南アメリカにくらい影を投げていた。謎の男、かつては大立者で、いつかまた、大立者となる日があるにちがいない」

車が急に、方向を変えた。市内を出はずれて、これからは郊外に移るのだ。

テナント少佐はいった。

「これが、私の祖国です。私は当然、この国のために、あらゆる忠誠をつくさなければならない。とくに、憲兵という職責において——で、革命前の行動を、いまもなお、忠実に守っている。殺人者や窃盗を逮捕して、国家の秩序を維持するために努力している。が、そのほかに、ときとすると、別個の行動に出なければならぬこともある」

そこで、一度言葉をきったが、すぐにまたつづけた。

「目下この国は、非常に微妙な情勢の下にあります。将軍《ジェネラル》としても、その収拾には、細心の注意を払わねばならぬ立場に立っておられる。すべてに渉って、ことの軽重を衡量しなければならんのです。こんどの事件でもおなじことで、フォン・ヘルツィッヒという男は、この国の有力者のあいだに、友人を大勢持っております。この男をどう処置すべきかは、けっきょく、どの方法がより将軍《ジェネラル》にとって、利益であるかによってきまるのです。——戦犯として、あなたの国、アメリカ政府に引渡すか、乃至はこのまま、その友人たちの手に返すことにするか——」

郊外にある将軍《ジェネラル》の公邸は、その肖像写真によく似た印象をあたえていた。豪華ではあるが空虚な感じで、趣味のなさを隠すことができない。ガランとした邸内を、召使たちの群れが、戦々兢々とした足どりで歩きまわっている。これまた、公共施設の建物を思わせる控えの間で、少佐とアメリカ人の医師公は、将軍《ジェネラル》があらわれるのを待っていた。

かなり待たされてから、二重ドアが大きくあいて、将軍《ジェネラル》が入ってきた。数千人のために生きる男。表情をすてた男。肖像写真、歓呼する民衆、機関銃、空虚な建物——それらのものを離れれば、無にひとしい存在。縫いとりをしたドレッシング・ガウンを着ている。ガウンの上に出ているまるい顔は、いかにも睡むたげなようすである。

テナント少佐は敬礼した。

「犯人を連れてまいりました、閣下」

将軍《ジェネラル》はうなずいた。敬虔な顔付きで突立っている衛兵のそばを通って、フォン・ヘルツィッヒの前に近づいた。

「きみはいま、非常に困難な立場におかれておる」

将軍《ジェネラル》は両手を、ガウンのポケットにつっこんでいった。

「同時にまた、この国はきみのために、非常に困難な立場に追いこまれるおそれがある」

「わたしはべつに、その心配はありません。閣下」

フォン・ヘルツィッヒは、平気な顔で答えた。

「この憲兵少佐の要領がわるかっただけのことで、それさえなければ、騒ぎ立てずにすんだことでしょう」

将軍《ジェネラル》はテナントをふりむいた。小さなまるい眼が、少佐の痩身をチラッと見た。

「そうであろう。わしもそれは、気がついておったことだ」

テナント少佐は、右足をサッと、義足にひきつけて、

「閣下、フォン・ヘルツィッヒ大佐は、アメリカ政府に引渡すべきだと考えます。わが国にとって、それがもっとも、時機を得た処置であると考えられます」

「大佐を逮捕できればだな、テナント」

将軍《ジェネラル》は、そのものやわらかな、それだけにまた怖ろしい笑み——つまり、おおやけの微笑というものを浮かべながらいった。

「まさかきみは、フォン・ヘルツィッヒ大佐を逮捕できたと考えておるのではなかろうな」

「その言葉はわたしから閣下にさしあげたかったものです。ただ遺憾なことには、ここにおられるアメリカ人、ドクター・コートンが、偶然のはずみながら、事件に関係を持たれることになりました。そして、このひとは、大佐を逮捕し得たものと考えておられるようです」

微笑がたちまち将軍《ジェネラル》の顔から消えた。一瞬、あらあらしい視線で、テナント少佐を見つめた。そして、つぎにその視線を、アメリカ人コートンにむけた。そのうちに、例の空虚な微笑が——子供たちから花束を受けとるときの微笑が、またしてもその顔にもど

ってきた。

「ドクター・コートンですか？　存じておりますよ。この国でのご名声は、わしも、よく承知しておる。臨床上のお腕前は、じつに立派でおられるそうですな」

「ジェネラル！」とコートンは、将軍《ジェネラル》に呼びかけて、「ぼくはしあわせにも、閣下のお国に住まわせていただいておるだけのことでして、あくまでもアメリカ合衆国の一市民であります」

「わかっておりますとも、ドクター・コートン。しかし、困ったことになりましたな。なにぶんわれわれとしては、勝手気ままな処置をとるわけにはいかんので、法規はあくまで、尊重せんければならんのですからな」

将軍《ジェネラル》はついで、眼をフォン・ヘルツィッヒにむけた。囚人の表情は、平静を乱していない。むしろ傲然として、なにをいわれようと、動じる気配はみせなかった。

「といっても」と将軍《ジェネラル》はなお言葉をつづける。「これはかならずしも、解決不能の問題ではないようだ。国際法上の慣習にしたがえば、殺人罪の訴追は、犯罪人引渡し手続きに優先することになっておる。この事件がまさにそれに該当する。そうでしょうな、ドクター」

将軍《ジェネラル》はまた笑った。笑ってみせる場合と考慮したからではない。事実、愉快に感じたらしい。

「アメリカ政府としても、だれがフォン・ヘルツィッヒを殺そうが問題ではなかろう。その犯人が処刑されれば、それで満足するのではあるまいか？」

コートンは陥しあなを知って、一撃をくわえた。

「アメリカ合衆国では、法律の観念を、それほど単純なものとは考えていません。いずれにせよ、ぼくは医者であって、外交官ではありませんが、かりにこの報告をアメリカ公使館が受取った場合——」

「いや、わかった！」

将軍《ジェネラル》は、するどくさえぎって、テナントをふりむいていった。

「テナント少佐、今後この事件の処理は、君に一任したい」

「承知しました」

テナント少佐は、言葉が皮肉になるのを意識して避けながら、

「で、ご命令の趣旨に変更はありませんか？」

「変更などは」と将軍《ジェネラル》は、叫ぶような大声を立てた。「絶対にない！　法規どおりに処理すればよろしい」

そして、ついでヘルツィッヒにむかって、

「いつかまた、笑って話しあえるときがあるかも知れん。落着いて話せば、おたがいに利益なことがあると信じておるのだが——」

フォン・ヘルツィッヒは一礼して、

「その機会を、楽しみに待ちましょう」

「お待ちください」コートンはいった。「閣下の国の狼、このテナント少佐が、ここにいる人物の素性を明らかにしました。その事実を、ぼくの国の政府が耳にすれば、かならずや調査に乗りだすと思いますが——」

「よろしい。貴国の政府が聞いたときは、ですな——テナント少佐。あとは万事、君の処理方法の巧拙にかかっておる。たのむぞ。わるくははからわんつもりだ——では、諸君、おやすみ」

最後に、フォン・ヘルツィッヒに会釈して、将軍《ジェネラル》は部屋を出ていった。

車で、くらい郊外の道を走りながら、コートンはいった。

「まもなく、夜があけるでしょう。ぼくを病院へ送ってくれませんか。家へではなく——病院ですこし、眠ろうと思うのです」

しかし、彼には疲れている気配はなかった。憤慨しているようすもなかった……窓の外の暗闇に眼をやると、ブレーマンのみじめな死顔が浮いてみえた。法律という言葉、正義という観念は、人間の本質と活動を意味するものにはちがいないが、それはまるで、生きていない人間を相手にしているように思えた。

「そうです」とテナントはいった。「夜はじきにあけましょう。が、わたしはお願いがある。これからいっしょに、飛行場までいってもらえんでしょうか？」

コートンはおどろいてふりむいた。怪訝な顔で、

「なんのために？」ときいた。

少佐はためらったが、けっきょくいった。

「フォン・ヘルツィッヒ大佐は、国外へ脱出しようとしている。他人の名義で、旅券《ヴィザ》も下りておる。将軍《ジェネラル》はわたしにその手配を命じて、今朝、未明に、飛行機で出発する予定です」

コートンは、そういう少佐の落ちくぼんだ頰と、くもった眸とを見つめていた。テナントは不快そうに肩をゆすって、「あなた自身、経過を見てこられた。わたしは将軍《ジェネラル》に、それは危険な処置だと知らせたつもりでした。それにもかかわらず、将軍《ジェネラル》がそれを強行する以上、わたしはかれの命令によって行動する兵士に過ぎない。いままでもずっと、そうであったように」

コートンは眼をとじた。いまのかれは、テナントを嫌ってはいなかった。少佐は少佐

の能力にしたがって、最善の行動に出ているのだ。しかもかれは、法規以上のあるものを目指している——コートンは適当な表現を知らなかったが、冷厳にして峻烈な、なにものかを愛している……

飛行場には食堂があった。大きな一枚ガラスの外で、照明灯が航空機を照らしていた。重量感のある翼が、つやつやと光ってみえた。コートン医師と少佐は、窓ぎわのテーブルをはさんで、席をとった。コートンはぎごちない姿勢で、両手をきつく、テーブルに押しつけている。テナント少佐は疲れきったように、小さな籐椅子にうずくまって、砂糖を入れぬコーヒーをすすっている……。囚人と衛兵が、人眼を避けているのであろうか、事務所の一隅に、隠れるように身をひそめていた。

コートン医師はいった。

「せっかく死の収容所から生きのびても、けっきょくは追跡者の一人に追いつめられて死ぬ運命とは……ぼくはいま、堪まらなくいやな気持になっていますが、理由というのは、それを考えるからなのです——人を殺しておいて、無事に逃がれられる者があることだけではないのです」

テナント少佐はほほ笑んで、

「それもまた、奇妙なことだとは考えませんか？　え、どうです？　あなたにしても将《ジェ》軍《ネラル》にしても、喜怒哀楽の情に気ままに浸れるひとだ。わたしはそうはいかない。冷静に考えてみた場合、大佐自身が追われている身でありながら、以前の収容者を殺すような危険を冒すとは、不思議な行動だとは思いませんか。わたしの眼には、奇怪な行動とうつってならない。なぜそのような危険を冒したか――あなたにはおわかりですか？」

「わかりませんな」コートンはいった。

「憲兵として――あなたのいわゆる狼として、当然それは、とりあげねばならぬ問題です。そして、そのまえに、こういう疑問がある。捕虜収容所はブレーマンにとって、あなたという善良な医師が考えるほど苛酷な施設であったろうか？」

コートンは嘲るように彼を見た。

テナントはコーヒーの茶碗をおしやって、医師のほうへからだを乗りだした。

「はっきりいいましょう。苛酷ではなかったのです。この男、このブレーマンという男は、ひどい糖尿病に悩んでいました。インシュリンの注射を、しかも大量に、一日として欠かすことができなかったのです。その病症は、キャンプに収容される以前からのものでした。あなたはかれを、ここ五年のあいだ診ておられた。その事実に間違いはありませんな。要するに、ブレーマンは、戦時中、医療品が欠乏している最中に、なおかつ、大量の注射を必要としていた。そして、あの、あなたのいう怪物どもは、かれに施薬をつづけていたのです。いいかえれば、かれはそれほど優遇されておった。なぜであろうか？——なにがかれらに、そうさせたか？」

コートンは眼をみはった。

「さあ、なぜかしら？」

テナントは窓ガラスの外を見た。夜明けの光が、機翼附近に漂いだした。やがてそれは、山脈のすがたを捉えるであろう。そのむこうには、地中海が横たわっている……

「ドクター、あなたは善良な性質だ。が、それだけにまた、単純でもある。わたしが予想したとおりにね。まもなく一番機が飛びたつが、それまでには時間がある。われわれはここで、退屈した旅行者の顔付きを装っていなければならん。時間つぶしに、おとぎばなしを聞かせて進ぜよう。よろしいか？ おとぎばなしですよ」

「どうぞ」コートンがいった。

「いまもいったとおり、あなたは善良な方だ。お人好しとさえいえる。なぜだかわかりますか？ 狼の国に住んでいないからです。あなたの住んでいる国では、おとなしい男が、自分は《亡命者》だといえば、あなたはそうかと思う。将軍《ジェネラル》もまた、あなたとおなじ国の住人だが、あのひとはあなたほどに善人ではない。

さあ、これからがおとぎばなしになるのですが、むかし、殺人者がいた。わるい人間です。その名前をフォン・ヘルツィッヒといって、ナチスの中でも、残忍性で知られていた。かれは捕虜を殺した。数千人の男女を虐殺した。そして、戦争がおわると、恐怖に襲われた。あなたの国の軍隊が、SS隊員を追及しはじめたからです。悪人たちは、追いつめられた。かれらの腋の下には、SSというマークが刺青によって記されていたからです。ただ、SS隊員の数は、千を単位とするほど多数であったし、連合軍には、ほかの仕事が山積していた関係から、なかには、皮膚の移植手術で、刺青を消して逃がれた者もいる。

とはいえ、一般SS隊員ですら危険に追いつめられていたうちで、フォン・ヘルツィッヒの立場が、いかに危険なものであったかは想像できるでしょう。彼はその特殊部隊の、とりわけて悪名の高い指導者でした。連合軍としても、かつての同僚の仇として、とくに追跡の手を伸していた。そして、かれにいっそう都合の悪いことには、かれは愚かにも、初期における成功に酔って、腋の下の刺青を、わざわざ上膊部、それも拳のすぐ上、腕首に施しておいたので、だれの眼にも触れぬわけにいかなかった。事態は絶望的とみえたが、そこはかれ、狡猾をもって知られていただけのことはあった。ご承知でしょうが、電光型のSは様式化してあって、こんなぐあいに――」

少佐は語りながら、指をコーヒーに浸して、テーブルの上に図を描いてみせた。

「電光型Sの、それぞれひろいほうの線を上方へ伸ばして、完全に44の字二個を造りあげてしまったのです。

そして、その前後に、ほかの数字を加えることによって、かれの正体を――すくなくともその二の腕に関するかぎり、殺人者から犠牲者にと転換してしまったのです。キャンプの収容者はすべて、かれの支配下にありました。したがって、かれが、新しい犠牲者になりすまし、あの国の収容所からこの国のそれに移ってくるのは、いたって簡単な操作でした。残虐な死の収容所にあって、糖尿病に悩む捕虜が、てい重すぎるくらいなとり扱いを受けていたのも、考えれば不思議はなかった。そこもまた、かれの、支配下に属するキャンプだったからです。

その間絶えず、かれをつけ狙っていた男がいました。その男には、われわれとしても同情を禁じ得ません。死の収容所の、名もない生き残りの一人だったのです。腕に記された不名誉な捕虜番号を、植皮手術で抹消していました。この第二の人物は、彼を根気よくつけ狙った末、彼の家に忍び込み、壁の金庫を破ってみました。なかに、フォン・ヘルツィッヒの文書とSS隊員のしるしのあるシガレット・ケースを発見して、本人に相違ないことを確かめると、そのまま悪人を葬り去りました。

殺したあとは、逃げのびる気にもならない。やすやすと、召使どもにおさえられ、医師と憲兵の手に渡された。医師にとっては、いとも単純な事件でした。が、憲兵にとっては——狼の眼には、それほど単純とは映らなかった。

ここであなたに、その憲兵将校の人がらを聞いておいてもらいましょうか。この男は、あなたのように善良ではない——といって、将軍《ジェネラル》ほどの悪人でもない。かれはいわば、うさぎといっしょに逃げまわる男で、一面また、猟犬といっしょに、それを追う男でもあるのです。虐げられる者を憐むくせに、虐げる者のために忠勤をつくすのです。

その男のこころに、事件は矛盾そのものと映りました。毒にも薬にもならぬ、ふとった小男が一人、殺害された。しかし、平凡な男は、かつての日の、残忍無比な虐殺者でした。そしてまた、傲岸な男が一人いる。ナチスの映画で見るような歩きぶりでいるが、身分はかえって、その犠牲者に属している。しかも、その真実の身分を、とりたてて隠そうとする気配もない。秘密を守ることに汲々としているようすも見えないのです。

憲兵将校としては、おのれ自身の良心の問題でした。正しい行動を捨てれば、自分自身が永遠に呪われてあらねばならぬ。そのときかれの頭に、思えば異様な、いわば危険きわまる考えが、浮かびました。この事件が矛盾撞着そのもののような、裏がえしの状態としかみえぬとすれば、いっそ、もとのかたちにもどしてみたらどうか？　フォン・

ヘルツィッヒは、真実の人相容貌がわからぬように、あらかじめ手配しておいた。そこで、この小男に、フォン・ヘルツィッヒの書類とシガレット・ケースをあてがいさえすれば、かれをフォン・ヘルツィッヒと思わせることが可能ではないか。そしてそれが、どういう結果を生むことになったか？　名もない存在が、重要人物を殺害したのではなくて、犯人そのものが、その重要人物であったのだ。その後の処置は？　憲兵将校としては、将軍《ジェネラル》に事態の急迫をさとらせなければならぬ。フォン・ヘルツィッヒを、一刻もはやく、国外へ逃亡させる必要がある。かれには、アメリカ政府の追求の手がのびている。

そして一方、かれを支援する有力者が、この国の要路を数多く占めている。憲兵将校は迅速に行動すべき必要がある。将軍《ジェネラル》に考慮の余地などをあたえておる場合でない。

そこでかれは、急迫の情勢を作りあげることにした。そのために、憲兵将校は、善良な人物を利用した。お人好しの医師を、事件の渦に捲き込んだのです。道義心のつよい人物、アメリカ人——医師には真相をあかさずにおいて、憲兵はわざと、ぶざまな手際にみせた。それによって、医師は決意した。かれはかれの活動を開始すべき時だと——これで、即刻フォン・ヘルツィッヒを国外に逃亡させなければ、殺人者は四十八時間以内に、連合国の手に引き渡されるであろう——そして、将軍《ジェネラル》は——フォン・ヘルツィッヒの友人たちの勢力を、極度に怖れている将軍《ジェネラル》はかれを逃亡させることに肚をきめた。

善人の、おどろくべき愚鈍さで、医師は以上の策略を、手もなく信じきった。囚人はすべて、せまい歩幅で、ぎごちなく動く。それを医師は、ナチスの傲岸さと解した。囚人は煙草を撒き散らして、看視の目をさけて、すった痕跡をなくそうとする。それを善良な医師は、職業軍人の癖ととった。死の収容所の囚人は、ときとして足を痛める。それをドクター・コートンは、戦場で受けた傷の痛みと見た。死のキャンプの囚人は、かれらの逮捕者を、徹底的に憎むものだ。だからかれが、殺した死骸を、豚めと罵ったとき、医師は真相を知らぬままに、反撥さえ感じた。

かくて医師は、その役割を完全につとめおえた。指導を受けたのであれば、これほど見事には演じられなかったであろう。狼と呼ばれる憲兵将校は、良心にそむかぬ行動をとったつもりでいる。はたしてそれが、是認されるであろうか、かれ自身にはわかることでない。かれはただ、なすべき行動をしただけのことだ」

航空機は、出発の用意がととのった。衛兵たちは、ドアをあけた。兵士たちに挟まれて、囚人がしずかに歩きだした。毅然として、表情ひとつ動かさぬ。笑顔も見せずに、コートンとテナントに眼をやった。

テナント少佐は、コートンにいった。

「いまの話は、旅行者が語ったおとぎばなしと考えてください。飛行場で、時間をつぶすだけのために——」

そして、二人は囚人に近づいた。テナント少佐は、姿勢を正して、敬礼をした。

「大佐、貴下はまことに勇敢であられた」

そして、衛兵に合図をした。

憲兵将校と医師の見ているまえで、航空機は上昇していった。飛行場をゆるく一旋すると、まっすぐに、山脈めざして飛び去った。そのさきは海がある。テナントはゆっくりとした足どりで、待たせてある車に向った。コートンも、この足のわるい軍人に歩調をあわせて、ひらいてあるドアを通りぬけた。無表情で、非人間的な、将軍《ジェネラル》の肖像写真に気づきもせず……

やがて軍用車が、かれら二人を市内へ運ぶことであろう。戒厳令下の、人影も見えぬ町中へ。

国のしきたり

The Customs of the Country

職務の上のプライドなるものは、それとさとられることがすくないだけに、とかく利用されがちな情勢にある。地中海に面した、とある共和国の、D県における旅券と関税との事務を管理していたバドラン大尉にとっても、やはりこれが、たえずつきまとう誘惑であった。

むろん、その県のじっさいの名はDではない。いや、まだそのころは、《共和国》と称する国家自体が、共和政体などそなえてはいなかった。二派に分れた国内が、それぞれ、正当な理由もなく政権をねらって、長い国内戦をつづけたあげく、数知れぬ兵士たちの墓の上に、共和国なる独裁国家を誕生させたばかりだった。支配者に成りあがっているのは、内乱に勝利をえたジェネラルで、冷血な墓掘人と呼ぶにふさわしい人物だった。

このような国家が腐敗せぬわけがない。そして、腐敗した国に住むとなると、実直な人間は、その実直さが、狂暴なほどにはげしいもの、あらゆる妥協を排するものになるのを知る。バドラン大尉もまた、実直な男だった。

かれの指揮権のおよぶ範囲は、D県の中心都市ひとつにかぎられていたが、そこはちょうど、隣国からこの共和国にはいってくる、たったひとつの鉄道を制約する関門にあたっていた。したがって、かれのポストは責任重大なるものがあった。《共和国》にはいりこむ別の経路というと、海路によるか、国境にそびえる山嶽地帯を越えてくる以外になかった。岸にそった海面には、たえず警備船が巡回していたし、峠を越える山道には、厳重な監視の眼が光っていた。正当な道を践んで入国するには、正当な手続きによって入手したパス・ポートと査証とが必要であり、この国における唯一の鉄道を利用し、D県を通過することになるのであった。

鉄道によってこの国へ出入するものが、事実、法規にかなった手続きを践んでいるかどうかをあらためるのが、バドラン大尉の職責だった。この任務を遂行するために、かれはなみなみならぬ修練を積んだ。その修練が、かれのプライドを生んだ。それは、かれの人生にあって、はじめて知ったプライドだった。

かれの軍人としての経歴のうち、大尉となってからは、それほど長くたってはいなかった。もともと、将校として出発したわけではなく、以前、この国が王政であったころに、一兵士として入隊したのだった。それが、徐々に栄進して、砲兵隊の軍曹に任じられた。内乱当時は、ジェネラルの革命軍に属して、曹長として奮戦した。戦乱は、つぎつぎと将校を犠牲にしていったので、それがおさまったとき、かれはその肩に、中尉としての、金モールの肩章が輝いているのを、眼のはしからながめることができた。

さらに二年たつと、一筋だったその肩章に、もう一筋、線がくわわった。大尉に昇進したかれは、D県に駐屯する部隊の長として、パス・ポートと関税関係の事務を、その後二年間にわたって担任してきた。

かれはその二年間に、旅券をあらためるために必要なあらゆるテクニックをおぼえこんだ。用紙の透し模様が、どんな不明瞭なものであっても、かれのするどい眼光は、ぞうさなくそれを見つけだした。添付写真がすりかえてあれば、新しいニカワのにおいで嗅ぎわけてみせた。パス・ポートにあるサインが、役所のしまめのうのデスクの上で記載されたものでなく、マルセーユの安酒場のカウンターで書きこまれた事実を見ぬくことができた。

そしてまたかれは、密輸入のさまざまなトリックにも精通した。揚げ底とか帽子の裏革を利用しても、また、紙幣を書物に綴じこんで装幀してみても、かれの慧眼をのがれることはできなかった。その指揮下には二小隊。ほかに書記と税関吏、婦人捜査官などが配属して、かれはそれらを統率していたのだが、たびたび部隊の編成変えを行った。理由は、かれの祖国である《共和国》のような国がらでは、とりわけ、買収への誘惑がはげしすぎるからであった。

かれがこの部隊の指揮をとるようになって、最初の一年間のうちに、成績とそれにともなう評判とが、だれもがおもわず眼をみはるような進歩をとげていった。パス・ポートなしに出国をくわだてるやから、禁制物資をからだのどこかにかくして入国をはかる連中、そういったものたちを、おびただしく逮捕してのけたのである。隔日に、夜の十時となると、国境を越えて、この共和国へ列車がはいってくる。そして、まず、かれの部隊が駐屯しているD市のステーションに停車する。すると、かれの部下の手で、その列車の取調べが行われるのだが、ここ数カ月のあいだに、それによってかれが——いまはそれを、《気むずかしい友》という名で呼びたい気持になった列車から——発見し、没収することができた密輸物資の数量たるや、当然、かれの名声を軍部内にとどろかせてしかるべきだけのものがあったのだ。

共和国の財政面からいっても、かれの手による没収物資は非常な貢献をはたしていたのである。まず第一に、密輸によってこの国の経済機構が混乱におちいることを防ぐ効果があった。第二に、その摘発した罪をとがめたて、没収物資にくわえて、罰金という形式で、国庫へ納入させる金額が、予想外に大きかった。具体的にいえば、没収物資の価値をはるかに上まわるものがあったのだ。そして、第三に、かくて没収された物資は、国家機関の手によって、さらに競売に付せられ、これまた国庫の収入となるのだった。

かれの勤務の最初の年のおわりに、かれはジェネラルから異例の感状をさずかった。その理由は、不法に国外へ脱出をくわだてる者たちの逮捕に熱心であったというにあったが、ジェネラルをよろこばせた真の意味は、かれの真摯な努力によって、国家の収益がいちじるしく増大したというところにあったらしい。バドランはかくて、新しい希望を沸きたたせた。今後おそらく二年もすれば、この職から退くことになるであろうが、そのときまでには、かれのような経歴のものには異数の出世である、少佐の身分までを獲得できるのではないかという希望だった。

しかし、その二年目には、かれのこうした希望が、かならずしも挫折したとはいわぬが、ある程度、危殆に瀕してきたといえるのだった。《共和国》の首都には、特務機関といった機構が各種もうけられていて、それぞれ独自の活動をつづけていたのだが、それは元来、ジェネラルにたいして叛逆をくわだてる不逞の徒を捕えるためのものであった。しかし、かれらはその活動のうちに、情報収集とならんで、おそらくはヨーロッパにおいて、もっとも殷盛をきわめていると思われるこの国の闇市場の現状にも、さぐりの針を入れているのだった。

いうまでもないことだが、闇市場はその名のとおり、不法にこの国にもちこまれる商品をとりあつかうことにより成りたっていた。したがって、そこで売買される物資には、異常に高額な《共和国》の課税も無縁ならざるをえないのだった。そして、いまだに不安定な国家財政は、税金以外には、なんら支える柱をもたなかったのである。

密輸経路として、最初、特務機関の眼がむけられたのは、当然ながら、伝統的なふたつの入国ルートだった。そのひとつは沿海地方からであり、いまひとつは山嶽地帯をひそかに越える方法だった。しかし、やがては炯眼な特務機関員が、D県を通じて首都にむかう鉄道こそ、密輸のための主要な――おそらくはその数量の大部分を占めるであろうところの――ルートにちがいないとする、信頼すべき情報を入手するにいたった。

事実、何月何日に《ある種の物資》が送りこまれるという情報は、その日取りまで明瞭に入手できることがしばしばあった。そしてその日取りは、かならずバドラン大尉のもとに通達されることになった。そうした夜、大尉は平素以上に細心な注意をはらって調査にあたるのだったが、その夜にかぎって、とりたてていうほどの成果があがらぬのが不思議だった。

そうした事情にもかかわらず、かれはそれによって、自分の力量に傷がついたとは考えなかった。そしてまた、かれの部隊の組織と、それによる捜査方法とが模範的なものであるという従来からの自信は、いささかも動揺することがなかった。だが、その確信も、かれの心に大きな慰めをあたえることにはならなかった。事実、その上官チョーマン旅団長からの命令は、しだいに、底意地のわるいものに変わりつつあった。もっとも、かれと同じ地位にある大多数の部隊長は、一様に、その将来にたいして、漠然ながら不安を感じていた。すくなくとも、今後の栄進のチャンスには疑惑を抱かぬわけにいかなかったようだ。バドラン大尉もまた、こうした不安に――たとえそれが、かれの関心のすべてをとらえていたとまではいわぬにしても――さいなまれているひとりだった。かれの心の底には、職務についてのプライドと共存して――戦場における実力は別としても、――こうした任務を遂行する能力は、せいぜいが大尉としての階級程度のものしかないのではないかという疑念が、根づよく巣食っていたからであった。そしてそれは、数年まえのかれが、軍曹にすぎなかったという意識のもたらす不安ともいえた。こうした犯罪の摘発に成績があがらなければ、ジェネラルはかれの肩に、将校の肩章をあたえたことが軽率であったと悔みだすにちがいないからだ。

人間の性格と運命とを、異常なまでに峻烈にさせるのは、ただひとつ、このような不安にのみ原因があるとみてよいのである。

その夏の一夜、コンクリートでかためたD駅のプラットホームを、かれは行きつもどりつ、歩みつづけていた。かれの頭に、重くるしくのしかかっていたのは、いま述べたような不安だった。アーク灯がかれのために、はてしなくつづく線路を照らし出していた。その一方は、となりの国に通じており、他方のはしは、この国の首都に達していた。そして、偶然というにはまことに奇怪な事実であるが、バドランの小心翼々とも見える廉直さに符牒を合わすように、この鉄道線路は、かれの眼のまえにある地域だけが直線をなしていて、いったんそれが、かれの視線をはなれたとなると、その全地域にわたって、くねくねとまがりくねり、ちょうど、死んだ蛇のような姿にかわるのだった。

バドラン大尉は、背丈こそないが、骨太で、見るからに頑健な体軀だった。このところ、中年を越えた年齢と、ひさしく戦闘をはなれた任務についている関係から、やや筋肉にやわらかみをくわえてきていたが、それでもなお、その風貌には、威圧的なまでの力づよさが失われてはいなかった。

かれの背後には、ふたつの建物がそびえていた。おもしろいことに、その相互間の関係は、それぞれの規模に応じている。ひとつは木造の古びたもので、いたって小さなうえに、明日にでも新しくペンキを塗らねばならぬ必要にせまられていた。それが建てられたのは、すでに五十年を越えるむかしで、鉄道会社の首脳陣が、駅の構造はスイス農家風であらねばならぬという観念にとり憑かれていたころの産物だった。現在そこでは、切符が発売されていたが、それはいわば形式的な手続きで、旅行者にとっては、切符を購入する以前に、その許可を得るという難関がひかえていた。これにくらべれば、切符を購入する手間のごときは、ゼロにちかい仕事といってもよいのだった。そして、その旅行許可をもらう手続きは、第二の建物で行われた。D県における旅券および関税事務局が、ここにおかれていたからである。

この建物は巨大だというだけで、ほかにとりえがないばかりか、醜悪そのものと評されたところで、反駁のしようのない、コンクリートのかたまりにすぎなかった。うつろな眼のように窓があいて、そのむこうに、D県をつらぬく鉄道線路が一直線をなして光って見える。その窓の内部では、緊密に組織立てられた事務部隊が、バドラン大尉の指揮のもとに監察事務にあたっていた。ここがかつては、軍民兼用の建物として、最高に偉大なものと思われたときもあったが、その後しだいに、不快な存在へと変貌しつつあった。

その建物に、背をむけてかれが立っていると、軍曹が走りよってきて、旅団長チョーマン閣下が到着されましたと告げた。

バドランは腕の時計を見た。列車がこの駅にはいってくるまでには、あと、三十分と残っていなかった――旅団長に、煩瑣とさえいえるこの部隊組織の精緻さを見てもらう時間の余裕はなかったのだ。かれはステーションの構内を通りぬけて、駅前の広場へ出ていった。そこではちょうど、軍曹が護衛兵に、気をつけと号令をかけているところだった。軍用自動車がすべりこんできた。バドランも挙手の礼をとって、旅団長チョーマンが車から降り立つのを待った。チョーマンは大尉に会釈を返すと、手をのばして、握手をした。

チョーマンと呼ばれる司令官は、痩軀長身、バドラン大尉よりはやや年上の男だった。笑顔でバドラン大尉を見下すようにして、なにか口のなかで、愛想ことばらしいものをつぶやいていたが、あいにくバドラン自身には、その意味は聞きとれなかった。

それからかれはかたわらの軍曹にむかって、護衛兵をやすませてよろしいといった。すると、そのとき、自動車から、もうひとりの将校が降りてきた。それは、バドランにも見おぼえのある顔だった。いや、そればかりか、その評判は、だれの耳にもはいっている将校である。その顔を見たとたん、かれはたちまち、胃の腑の内壁を、くらい翼で、たたきつけられたような感じを受けた。

　チョーマン旅団長が紹介した。

「テナント少佐だ」

　そして、その少佐にむかって、

「これがバドラン大尉、われわれが打合わせにやってきた当の相手さ」

　バドラン大尉はふたりの上官を、かれが事務をとっている隊長室へ案内した。隊長室といっても、いたってせまくるしい部屋で、かれが軍曹時代にあてがわれていたものとすこしもかわっていない。装飾ひとつない、裸のままの貧弱な部屋だった。中央にデスクが大きく据わって、そのうしろに椅子があったが、旅団長チョーマンは、それには見むきもせず、はなれてふたつある安楽椅子のひとつに腰をおろした。これまた、安楽椅子とはいうものの、クッションもついていないような粗末なしろものだった。

　足の悪いテナントは、ぎくしゃくと足をひきずりながら、窓のほうへ歩いていった。そこで立ちどまると、ぐるり、こちらをふりむいて、窓ぎわの壁に背をもたせかけた。軍曹がグラスを三つと、ブランディの壜をはこんできた。

　チョーマン旅団長はあかるい声で、てきぱきと、そして、ことさらにさりげないようすで、首都からわざわざ出向いてきた用件を話しだした。

その話がおわっても、バドランは辛抱づよく待っていた。将校という身分にある階級の人士は、いきなり仕事にとりかかるものではない。まず、ブランディのグラスをあけて、それから、おもむろに雑談をとりかわしだすときまっているからである。しかし、ようやくにしてチョーマンは、なかばからにしたグラスを、安楽椅子の腕の上にのせると、つぎのように語りだした。

「ところで大尉、今夜、われわれが出むいてきた用件だが――」

かれの話の内容は、ちょっとした修飾をともなって、しだいに本題へはいっていった。

「あらかじめきみにも知らせておいたはずだが、今夜、ある重要な、非常に価値のある物資が、ひそかにこの共和国にもちこまれるといううわさがあるのだ。いや、たんなるうわさでなく、しっかりした情報なんだが、これを最初にもたらしたのは、わしの指揮下にある情報機関だったが、その後、それとはまた別個の経路で、テナント少佐の指揮下にある憲兵隊からも、おなじ報告がはいってきたのだ」

そこで旅団長は、テナントのほうに顔をむけて、いった。

「そうだったな、少佐?」

テナント少佐は、いまだに、手にしたブランディのグラスに、口もつけずにいたが、旅団長のことばにうなずいてみせた。

「そして、テナント少佐は憲兵隊長として、きみの検閲ぶりを――いや、なに、もちろん、きみの検閲方法に改良の必要があるなどといっておるわけではない。ただ、こうして、われわれ三人が顔をそろえれば、まちがいなく、防止手段をこうじることができると思って、やってきたわけなんだ」

バドラン大尉は答えた。

「それについて、特別のご指示があるものと思いまして、閣下のご一行の到着をお待ちしておりました」

チョーマン旅団長の顔面に、微笑の翳《かげ》がチラッとさした。

「いや、なに、わしからの特別な指示などあるわけはない。ただ、きみが平常どのようにして、荷物を検閲しておるか、それをひとつ、見せてもらいたかっただけのことさ」

バドラン大尉は答えて、

「旅団長チョーマン閣下、二年以前、わたしは一旅行者の手から、二十ポンドのイギリス紙幣を二枚押収しました。それはかれの負傷したと称する指の、添え木をあてた繃帯の下にかくされていたのであります。もっと微細なしろものを、もっと嵩ばるもののあいだからでも、発見してみせる自信をもっております。どんなものであろうと、わたしの眼をのがれることは、ぜったい不可能であると、自信をもって申しあげることができるのであります」

旅団長はうなずいて、

「そうだろうな。わしはきみの手腕に信頼をおいておる。おそらくテナント少佐も同意見とおもわれる。きみのその手腕があきらかにされれば、情報部の不快な報告など、くつがえす結果になるのは、眼にみえておるようなものだ」

しかし、テナント少佐はいった。

「わしはちがった意見で、わたしが率いる憲兵隊の報告にはぜったいにあやまりはないと信じます。もちろんわたしは、それに異論を述べる気持をもちません。わが憲兵隊が、今夜この駅を通じて、密輸が行われると調査したからには、まちがいなく密輸が行われると断言できるのです」

バドラン大尉は椅子のなかでからだを動かして、そういうテナントを凝視した。少佐の軍服は、チョーマンのそれと同様に、念に念を入れて、仕立てられたものだが、あまりにも着かたが乱暴だった。それに、蒸しあつい夏の午後を、長い時間、自動車に揺られてきたこともあって、すっかり皺になっていた。上衣のボタンをはずしているので、戦場におけるときのままに、拳銃を下げているのがのぞかれる。背丈はチョーマンに負けずに高かったが、どこかこう武骨すぎて、風貌はまったくひきたたなかった。

一方、チョーマン旅団長は贅肉のないしまったからだつきで、骨太でこそあれ、なで肩とも見られるかっこうだった。顔つきは、テナント少佐も旅団長も、おなじように暗い感じをあたえている。ただ、少佐の場合には、おだやかなところがまったくなかった。落ちくぼんだ頬も、暗く、ごつごつした感じで、その大きな口が、あらあらしい印象をあたえていた。

一見しただけでは、このテナントという少佐も、バドラン大尉同様に、兵士から現在の地位までのしあがったと思われるかもしれない。しかし、バドラン大尉のように、この国の軍隊に長い生活経験をもつものは、そうでないことを知っていた。テナントは旧王政当時、すでに将校として、りっぱな地位を占めていたのである。したがって、チョーマンと外見がちがいすぎているが、これもまた、紳士階級に属する人物であるにまちがいはなかった。

チョーマンは青年将校当時、その国を代表する外国駐在武官として、たとえば、ダブリンやウィーンにひらかれる馬匹共進会といったものに列席した。一方、テナントはその若き中尉時代、北アフリカの荒漠たる死の沙漠とか、骨までも凍らすアデスタおろしの吹きすさぶ山中で、おなじようなもよおしが行われるとき派遣された。そして、そのテナント中尉は、旧王国の軍隊のうちで、もっとも将来を嘱望された青年将校のひとりだった。それが、内戦のさなかに、信じきれぬほどのミスを演じて、その率いる部隊を、敵軍ジェネラルの勢力下にある陣地内にひき入れてしまったのだ。

バドラン大尉はいった。

「テナント少佐のおことばではありますが、わたしはけっして、不正な性質をもつ人間ではありません。そしてまた、密輸入ごときに、この眼をあざむかれるような愚鈍な男でもございません。信頼していただきたいと考えますが——」

が、テナント少佐は質問した。

「なぜ、そんなことがいえるんだ？ きみが正直であろうがなかろうが、このおれに、どんな関係がある？ おれときみとは、人間がちがうんだぞ」

チョーマンは笑って、

「いや、テナント少佐、ここはひとつ、バドラン大尉のことばにしたがって、いちおう、かれは廉直な軍人であり、その地位にふさわしい手腕をもっておるものとしておこうじゃないか」

テナントはその重いまぶたの下から、陰鬱な視線をバドランの胸にあてていった。

「きみはエル・マルフェスの勲章《リボン》をつけておるな。当時、兵士としての階級は、なんだった？」

「兵卒ではありません、テナント少佐」とバドランは、声をあらだてぬように気をくばりながらいった。「わたしはそのとき、砲兵隊の軍曹でした」

するとまた、テナントはいった。

「《白十字章》もあるじゃないか。それはどこで貰った?」

「やはり、エル・マルフェスでした」とバドランは答えた。

テナントは視線をずらして、すこしのあいだバドランの顔をみつめていたが、その眼をすぐにチョーマンにもどして、「砲兵隊の軍曹の身で、エル・マルフェスの戦闘に、《白十字章》をさずけられた男とあっては、そのことばを信用せんわけにもいきますまい」

「なるほど」とチョーマンもうなずいて、「きみのいうとおりかもしれんな。わしはうっかりして、《白十字章》を見落としておったよ」

しかし、バドラン大尉は手ばなしに安心はできなかった。面前にいるふたりの上官のうち、少なくともそのひとりは、かれを腕のにぶい男と考えているにちがいなかったからだ。それでなければ、買収に誘惑されやすい性格とみているのかもしれない。そこでかれは説明をはじめた。

「列車が到着しますと、停車するがはやいか、旅客と乗務員をぜんぶ下車させます。そして、その身体を徹底的にあらためると同時に、列車内にも、完全な捜査を行います。もちろん、手荷物のたぐいも、われわれの眼をまぬがれることはできません。いまだかつて、どんな場合にあっても、こうした検閲手続きを怠ったことはないのであります」

「よろしい」とチョーマン旅団長は、満足そうな顔で、テナントに笑いかけながら、いった。「たしかに、完全な調査を行っておるようじゃないか」

そして、それからまた、バドラン大尉にむきなおると、

「ところで、これまでに密輸のくわだてられた日がわかっておるが——ええと、最近何回、行われたかな。たしか七回か八回だと聞いておるが——」

バドラン大尉は答えた。

「八回であります、最近の大物といいますのは、キリスト母子像の彫刻を、イタリアから持ちこんできたのと、パリの絹ストッキングがひとそろい、運びこまれようとしたことでした」

「もちろん、同一人物の仕業ではないのだろうな」

「はい」と、バドラン大尉は答えた。「しかし、彫像のほうは、よほど高価なものと思われました。りっぱな美術品でして、没収密輸物資のリストにも、非常に高額な評価がしてありました」

チョーマン旅団長はいった。

「ああ。わしも憶えておるよ。あれはたしか、経済的に苦しんでおる修道院の救済にあてるために、わが共和国の手で、公売が行われたはずだ。おどろくような高価で落札されたのがそれだった。きみたちの給与の、一週間分にあたるほどの金額だったよ」

バドラン大尉は、そのあともつづけて、くどいくらいにいいはった。

「なんにしても、密輸をくわだてられた物資は、あれでぜんぶであります」

すると、とつぜん、テナント少佐がまた質問した。

「きみは、なにをさがし出すべきか、知っておるのか？」

バドラン大尉は、そういうテナントの顔を、不審そうな表情でみつめていた。

「つまり」と、テナントは説明した。「成果があがらぬために、きみはやまをはる気持になっておるのではないか？　それとも、そういった、やまをはるような性格の人間ではないといいきれるか？」

バドランは答えた。

「これまで、わたしはわたしの仕事について、非難を受けたことはございません。ジェネラルご自身で署名なさった感状を所持しておりますが、ごらんに入れましょうか」

「いや、それにはおよばん」と少佐はいった。「おれはいまさら、ジェネラルの署名を見て、うれしがるような気持にはなれんのだ。で、きみはなんの功で、その感状をもらったんだ？」

「わずか一ヵ月のうちに——あれは九月のことでしたが——パス・ポートを偽造して、この国から脱出しようとくわだてたやからを、十一人まで逮捕した功によってであります」

テナントはいった。

「信じられんことだな。ジェネラルの統治下にある、このけっこうな共和国から、脱出したいなどという気持をおこすやつがあるとはな。常識では考えられんことじゃないか。おおかた、九月という月は、天気が陰欝なせいか、だれもの頭がおかしくなる月なんだろうよ」

「話がだいぶ、横道へそれたようだぞ」

と旅団長が、横あいから口をはさんだ。テナントのことばが、ますます無遠慮に、辛らつなものになっていくおそれがあったからだ。当の少佐は、やっと、ブランディをのみほした。

「あっ、聞こえます」とバドラン大尉が、立ちあがってさけんだ。「列車が近づいてまいりました」

ほかのふたりの耳は、かれほどに音響に敏感でなかったので、一瞬おくれて、それを耳にした。

「では、われわれの捜査方法をごらんねがいましょう。最初からその一歩一歩を――」

とバドランはいった。


三人の将校は、風ひとつなく、蒸し暑いプラットホームに、肩をならべて立った。そして、兵士たちが、乱暴とはいえぬまでも、相当にあらあらしい態度で、旅客の身体検査を行うのをながめていた。この列車には、外国人はふたりしか乗っていなかった――テナント少佐は気がついていたが、背の高いその金髪の男は、イギリス人にちがいなかった。女はその妻であろう、テナントがそのふたりを外国人と知ったのは、かれらが列車から降ろされるのを拒否したからである。そしてふたりは、ほかの旅客たちとはなれた場所に立って、そこから動こうとしなかった。ほかの旅客たちといっても、ぜんぶで十人ほどの人数で、みなおとなしくよりそいあい、ひとかたまりになって立っているのだった。

バドラン大尉はいった。

「ごらんのとおり、兵士の一隊が、列車内をあらためます。そのあいだに、こちらでは、旅客とその荷物を検査いたします」

建物のなかでは、ラシャの掛け布をした長テーブルをまえに、バドランがパス・ポートの調査にとりかかった。チョーマンとテナントは、そのかたわらの椅子にかけている。旅客はひとりひとり動いていったが、テナントはバドランの細心綿密な書類審査にも、いっこうに関心をもたぬようすで、ひたいのひろく禿げあがった頭を片手でささえたまま、なかば閉じたまぶたのあいだから、旅客の顔を、ひとつずつながめていた。

商人らしいのがいる。黒いアルパカを着こんだ、痩せぎすの男だが、部屋が蒸し暑いので、顔じゅうに汗をいっぱい噴きださせている。ほかに、臨時にトラクターを輸入させるため、外国へ派遣されていた男が二名、それから、まだほかに眼に立ったのは、安っぽい白の麻地のスーツに、ズックのスポーツ靴といったかっこうで、ひどくおどおどしている若い女だった。あとは、いまいった、あかるい金髪の外国人である。

事実、金髪の男は、イギリス人とみてまちがいなかった。少なくともその手には、イギリス政府発行のパス・ポートが握られていたし、不器用にしゃべるこの国のことばにも、イギリス人らしいアクセントがまじっていた。いまのところ、常識人らしい冷静さがかろうじて保持されてはいるが、これは元来、外国政府の煩雑な事務手続きに直面したとなると、たちまち爆発して、イギリス魂とかいうやつも、即座に蹴とばしてしまうものであるのだ。

「外国をずいぶん旅行したが、こんなうるさい手続きには、はじめて出っくわした」

とかれは、チョーマンを上級将校とみて、わざと聞こえよがしに、ひとりごとのようにつぶやいた。

「やあ、お気のどくですな」

チョーマンが興味なさそうに、どうでもよいようなことばをかえすと、イギリス人はいよいよ頬を朱に染めて、質問をくわえてきた。

「なんに関税《カストム》をとろうというのです？」

テナント少佐が、代って答えた。

「これが、この国のしきたりでしてね」

「これがね。チェッ！　なんという国だろう！」

テナントの口がゆがんだ。

「国の名かね？　国の名は、《共和国》」

相手はさらに、議論のさきをつづけようとしたが、その書類に怪しいふしがなかったとみえて、伍長がかれを、身体検査の席へつれていった。その背後に、かれの妻がしたがっていったが、これは、その夫が頬をまっ赤に染めているのと対照的に、まっ青に顔をくもらせて、両手をかすかにふるわせていた。テナントは腰かけたまま、彼女の手をみつめていたが、急に、椅子をうしろへおしやって、立ちあがった。

そして、廊下をとおって、バドランの部屋にはいっていった。窓を、あげられるだけ高くあげると、小さな扇風機のスイッチを入れた。それから、グラスにブランディをついで、椅子に身をしずめた。しばらくすると、チョーマンがはいってきた。そして、これもまた、もうひとつの安楽椅子に腰を下ろした。

「まもなく、わが善良なる大尉どのがもどってくるだろう。今夜の収穫は、そのときの愉しみにしておけばよい。そうだろう、きみ？　下士官どもの捜査をながめていたところで、べつにどういうこともないからな」

が、テナント少佐は、ブランディをついだ、柄のみじかいグラスを、指のあいだにくるくるまわしながら、肩をすぼめてみせただけだった。

「で、きみ、どう思う？　今夜、なにか発見されると思うかね？　古靴か、それとも、ラブレエの小説本か？」

「さあ、なんですかな」

テナントはそっけなくいった。チョーマンは両足をぐっとのばして、しゃべりつづける。

「なにか発見されるものがあるかどうか、そいつがまず、問題の点だ。あの男は、しっこいくらい、くりかえして、いっておったが、じっさい、ここの検閲に、手落ちがあるとは考えられん。申し分のない調査ぶりだ。どうやらあの男は、軍曹で戦闘に従事しておったときも、模範的な下士官だったにちがいないぞ」

テナントはいった。

「軍曹として、非常に優秀な成績をあげておったことでしょう。それに、おどろくほど困難な仕事であるんだが」

その瞬間、バドラン大尉がはいってきた。デスクに歩みよって、かれはいった。

「まもなく、部下の調査も完了するはずです」

そして、大尉は椅子にかけると、

「密輸の事実がありますれば、犯人を即座に、軍事逮捕状によって逮捕いたします。そして、物資は没収して、首都にある旅券および関税課に送付しまして――」

「そんなことはわかっておる」とチョーマンはさえぎって、「いいか、大尉。さしあたって必要なのは、密輸品を発見することにあるんだ。それを、どう処置するかは、そのつぎの問題なんだ」

そのことばには、するどいトゲがひめられていたが、顔の微笑が、それをかくしていた。そしてチョーマン旅団長は、古さで色のかわったシガレット・ケースを、ポケットからとりだして、一本をバドランにすすめた。大尉は首をふって辞退したので、テナントにどうかといった。こちらは返事のかわりに、軍服のポケットから葉巻をぬき出すと、首をつきだして、チョーマンから火だけを借りた。

「ここは、《共和国》」

とチョーマンは、からかうように、テナントのことばを引用して、

「きみはさっき、外交官みたいに、要領よく話をそらしたっけな」

テナント少佐は、にやっと笑った。葉巻を口へもっていった。そして、ヤニに染まった大きな歯をみせながら、椅子のなかでそりかえった。

バドランはふたりの上官をみつめていた。将校たちの行動には、むかしからかれにとって、理解しがたいなにかがあった――ただしそれは、真の意味での《将校》の場合にかぎられた。内戦当時、チョーマンはすでに、ジェネラルがひきいる反政府軍によって、その一旅団の指揮にあたっていた。それがここで、叛逆者でなければ口にしないようなテナントのことばを耳にしながら、笑ったまま聞き流すだけの度量をそなえているのだ。それは真の将校たちに、かれら自身とかれらの世界を統御するために、生まれながらにしてそなわっている能力であって、バドランごとき下士官あがりには、まねてまねので

きるものでなかった。大尉はそれに羨望を感じながらも、身につかぬ能力を希望することも、これまた、おろかしさのきわみと知っていた。が、それにしても、そうした事実が、この夏の夜の暑さ以上に、かれのからだを汗ばませていたことも否定できなかった。

ちょうどそのとき、軍曹がドアをノックして戸口に直立した。そしてバドラン大尉に、検閲事務が終了したことを告げた。そして、それと同時に、この下士官は背後に、その夜の最初の獲物をしたがえていた。はじめにあげた商人がそれで、貧弱なからだをいっそう小さくしている。こっけいなことには、裸足になっていて、片方の靴を手にぶらさげている。もう一方の靴は、軍曹が手にしている。かれはそれを、デスクの上に、横なりにおいた。

バドラン大尉はその靴をとりあげると、ちょっと見には、友人間の微笑とも思われるものを顔にうかべて、逮捕された商人に眼をやった。つづいて、デスクの引出しから、小型のナイフをとり出すと、音を立てて刃をひらいた。そして、いきなりそれを、革の踵にそっと走らせていった。それが、ある一点に達すると、ズブリとつきさし、つよくこじった。踵はポンと飛んだ。かれのてのひらから、綿にくるんだ小さな革のふくろが、デスクの上に落ちた。ふくろの口をひらいて、ひとふるいふるうと、ダイヤモンドが半ダースこぼれ出た。そこでもう一度、大尉は商人の顔を見た。バドランの面上には、微笑の翳が、ますます、大きくひろがってゆく。商人の顔は、見ているのも苦しくなるほど蒼白にかわったが、バドランのそれは、かならずしも加虐的な微笑とはいえなかった。いわばそれは、技術者がその技術を誇る優越感のあらわれと見られるのだった。

チョーマンは宝石をふたつつまみあげて、そのひとつを、テナントの手におしつけた。少佐はすこしのあいだ、それを手にしていたが、すぐにまた、デスクに投げかえした。

そして、商人にむかって、かれはいった。

「おれには、こうしたものの知識はないんだが、これはいったい、どのくらいの値段があるものだ？」

「廉いものじゃない」

とチョーマンが代わっていって、そのひとつを、電灯にすかして見た。

「いい石ではあるが、そうかといって、これで一財産というわけにもいかんな。第一、切り方が下手だ。これなんぞ、ひどい出来だぜ」

そしてかれは、それをほかの石のなかにおしやって、

「だからといって、これをわしの家内に、指輪にしろといったら、いやがるほどのものでもないがね」

このことばに、商人はさっそく口をひらいて、

「それはもう、たいへんな仕合わせでございまして」といった。「このいくつかを、旅団長閣下のおくさまに献上させていただくことができますれば、こんな光栄はございませんので、はい」

が、そのつぎの瞬間、旅団長の眼を見た商人は、とんでもないあやまちを犯してしまったことに気がついた。これまでにもしばしばあったことだが、バドラン大尉はわい賂を提供されたりすると、燃えあがる憤怒に、おもわずわれをわすれて、苛酷な行為に出る性格だった。ところが、旅団長はそれと打ってかわって、氷河にも似た、おそろしいまでの冷静さのうちに、ひとこと、つぎのようにいってのけた。

「大尉、この男のいまのことばを、忘れずに記録にのこしておけよ」

そして、指のさきを、汚れでもぬぐいとるかのようにこすりあわせながら、

「では、この男を、どこか別の部屋へつれてゆくがいい」

といった。

その夜の獲物の第二号は、ちょっと予想外のものだった。それは、例の若い娘で、泣きながら、部屋へはいってきたのだが、女捜査官の手が、たちまち彼女のからだから、かなり大きなめのうの首飾りを発見した。それは彼女のふとももにばんそう膏ではりつ

けてあった。バドラン大尉はそれを受けとって、デスクの上にひろげておいた。しかし、その価値といっては、チョーマンのすぐれた鑑識力をまたなくとも、だれの眼にもあきらかなものだった。おそらく、みすぼらしい彼女の靴の価値を、それほど上まわるものでないとわかっている。

バドランはまたかといった、無関心に近い面持ちで、娘の顔をながめていたが、すぐに下士官にいった。

「記録だけはとっておけ。禁制品の不法持ちこみだ。これでも、宝石は宝石だからな。宝石まがいの首飾りとでもしておくか」

娘はまだ泣き声をもらしながら、軍曹の顔を見上げた。下士官の顔には、なんら感情らしいものはあらわれていなかった。事実、かれはなにも感じていないのだ。それで娘は、バドランのほうにむきなおって、あらためて両手を、その顔にあてた。

動くほうの脚で、テナントは木の椅子を娘におしやった。そしてそれに、かけろといった。娘は、顔にあてた手を下ろして、眼の前にいる男たちをながめた。それから、のろのろと椅子のはしに腰をあてがうと、神経質にその指を、白いスカートのひだにそって走らせた。両ひざをかたくあわせて、ばかていねいなまでに磨きあげてある靴を見下ろしている。テナント少佐は考えた――黄色い、大きなじゅず玉をつづった、安ものの首飾りも、日焼けのしたその頸筋に巻きつければ、白い麻地の上衣によく映って、びっくりするほど美しくみえるにちがいなかった。

そして、テナントは彼女にきいた。

「密輪が、どんなにおそろしいことか、おまえ知っているのか？　スリルを味わう、ゲームの一種とでも考えておるんじゃないのか？」

娘は答えなかった。

「こうしたゲームをこころみたからには、当然、支払わなければならぬものの覚悟がいるんだぞ」

「というのは、どういうことなんです？」

と彼女はききかえした。いまだに頭を下げたままでいる。まっ黒な髪がほつれて、頰にからんでいた。

「そして、あたしをどうしようというんです？」

テナントは答えた。

「なんにせよ、おれはこの係りじゃない。知りたければ、ここにいる人たちにきくがいい」

バドラン大尉は不器用な身ぶりをして、

「罰金をはらうことになるな。こんな安もののことだから、たんと払えとはいわれまいが」

「いいえ、きっと、刑務所へ送るといわれるんでしょう」

娘はそういって、指をスカートのひだからはなすと、唇へもっていった。

「いや、いや」とバドラン大尉はいった。「それほどの罪ではない。すくなくとも、このおれは、そうは考えんよ」

するとテナントが、チョーマンの顔を見ながら、

「そうだとも、大尉」といった。「こんな事件は、密輸と呼ぶにあたらんほど小さなものだ。長々と報告を書きあげるにもおよぶまい。ここで、いっさい、けりをつけてしまってもよいのじゃないか。え？　どう思うね？」

すると、娘は顔をあげた。最初はびっくりしたように、テナントをみつめた。それまで、かれこそ、いちばん強硬な相手と思っていたからである。それから、バドラン大尉を見、最後に、チョーマンを見た。

バドランもまた、旅団長チョーマンの顔をみつめていた。しばらくたって、旅団長はいった。

「わしに決定権があるわけではないぞ、大尉。だが、かりにわしが、きみの立場にある

としたら、テナント少佐のすすめるようにするだろうな」

　とかれは、タバコを前のほうにつき出して、

「おそらく、法規を無視するきらいはあろうが、それにしても、ときには法に反するのも、最悪の罪とはいえぬ場合もあるものさ」

　バドランは汗にぬれたその手のひらを、指をひろげて、吸取り紙の上においた。そして、娘の顔は見ずに、自分の指さきに眼をやったまま、しずかにいった。

「軍曹、最初の命令どおり、この女をつれていけ。告発の理由はあきらかなのだから」

　ドアのしまる音を聞くと、かれは顔をあげて、チョーマン旅団長の顔を見た。そこには、数分前に見たとおなじに、侮蔑の色がはっきりうかんでいた。

　バドラン大尉はいった。

「年少だからといって、あるいはまた――いや、そのほか、どんな理由があるにしても、特別の除外例がもうけられておるわけではありません。もしもわたしに、勝手な法の解釈がゆるされるとすれば、法はおそらく、その意義を失うことになりましょう。もちろん、わたしもまた、あの娘に刑の宣告が下されぬことを希望しております。ただ、それを決定するのは、あくまで、裁判所の権限であらねばなりますまい」

「むろん、それはそうだ」

とチョーマンは、ことさらにさりげなく、平静をよそおってつぶやいた。それはまさに、バドランの顔に、手袋を投げつけたようなものであった。

しかし、大尉はテナントをふりむいて、

「あなたには、わたしの立場がおわかりでしょうな、少佐」

テナント少佐は肩をそびやかしていった。

「おれにはべつに、関係のないことさ」

しばらくバドランは、少佐と旅団長が相手だということも忘れて、興奮した語調でしゃべりつづけた。

「わたしはこれまで、命令にしたがうように教えこまれてきました。すべての軍人がそうであるように。その階級のいかんを問わず、命令に従順であるのは絶対だと訓練されてきたのです。適切な命令はわたしをよろこばせます。わるい命令は不快であります。しかし命令はわたしにとって、どんな内容であろうと、あくまでも厳守しなければならぬものであります」

テナントはいった。

「気にすることはないさ。裁判所にしたって、慈悲とはどういうものか、よく知っておるはずだから」

そしてあとは、唇をかたくむすんで、だまりこんでしまった。

バドラン大尉はまたも視線を落して、

「もちろん、そうです」といった。「もちろん、そうでありましょう」

最後は、イギリス人だった。税関吏のひとりが、かれのカバンの蓋を怪しんで、ひき裂いてみた。すると、そのなかから、イギリス銀行の紙幣が、計六百ポンドあらわれた。それはこの国の闇市場に持ちこまれれば、相当の金額になるものであった。

いまは、憤怒の色どころか、すっかりおとなしく変貌したイギリス人は、闇市場がその目的地だったことをすなおに承認した。

「しかし、なんでしょう、これはその、いまのところ未遂の状態ですから、罪にされることはないと思いますが」

などと、くるしい主張を続けていたが、さきの娘が、不法持ちこみをゲームと心得ていなかったにしても、かれがそのような意図をもっていたことは疑いの余地がなかった。

「六百ポンドか」チョーマンがいった。「それだけあれば、じゅうぶん、密輸の危険をおかすだけの値打ちがあろう。密輸業者にとって、六百ポンドは大きな仕事だからな」

イギリス人はあわてていった。

「ぼくはなにも、そんなことを商売にしているんじゃないんです。査証を見てもらえばわかることで——これがぼくの、この国への最初の旅行なんです。ぼくはただ、こうした冒険が成功するかしないか、ためしてみる気になっただけです。しかもそれをやりとげたというわけでもないんですから」

「だから、どうだというんです」とテナント少佐がいった。

「あんたが首都にはいれば、あんたの国の領事が、やりとげられなかった罪が、どんな刑をうけるものか、教えてくれますよ。紙幣の不法持ちこみは、重大犯罪のひとつなんだ。それは当然、実刑が科せられる。まちがいなく刑務所内で、どんなにそれがきびしいものか、知らされることになるでしょうよ」

きまずい沈黙が、その場を支配した。

しばらくして、イギリス人は質問した。

「きびしいとは、どの程度なんです?」

テナントは答えた。

「さきほども、あんたは質問した。ここはどんな国かとね。いろいろな表現方法もあろうが、まず、はっきりといえることは、この国こそ、住民が窮乏にくるしみ、真の飢餓を味わっている土地だということだ。あんたがここの闇市場へ、これだけ莫大な紙幣をもちこめば、それによって、この国の住民は、それだけはげしい飢餓にくるしむことになる。われわれとしては、それをスポーツかなにかのように、遊びごとと考えるわけにいかんのですよ」

チョーマンもわきから、口を出した。

「たしか、こうした犯罪は、十年の刑だったと思ったが」

「なるほど」

とイギリス人はいった。そして、それとは知らずに、さきの商人がつかったとおなじことばをつぶやいた。

「しかし、きみたちには、ぼくの気持は理解できないのだ」

テナントは答えた。

「あんたがどんな気持で、こんなまねをしたかは、このさいだれも、問題にしてはいない。意図だけはいつも、善良でありうるものだからだ――ただし、それを実行する人間は別ものでね」

三人の将校だけになると、チョーマンはドアのとじるのに眼をやってからいった。

「バドラン大尉、これでぜんぶか？」

「今夜のところは、これでぜんぶのようです」

「とすると、きみ」

とチョーマンはテナントにむかっていった。旅団長がテナント少佐に、上級将校としての態度をしめして話しかけたのは、バドランの知るかぎり、これがはじめてのことだった。

「とすると、なんです?」

テナントは、相手の態度は気にもかけずにききかえした。

「これで、今夜の捜査の結果が、はっきり出たわけだ」とチョーマンはいった。「また、獲物をとりにがしたか、あるいは、今夜はぜんぜん、密輪のくわだてがなかったかだ」

「六百ポンドといいますれば」とバドランは抗議した。「閣下ご自身がおっしゃったように、これはもう、たいへん大きな収穫でありますが——」

「相当の金額ではある」とチョーマンが答えた。「しかし、われわれが狙っているのは、その程度のものではないのだ。そうだろう、少佐?」

「さよう」

とテナントは答えた。かれは、いたってだらしのないかっこうで、椅子にかけていた。肘を、椅子の背にかけ、わるいほうの脚を、ぎごちなく、前へつき出している。

「わからんんか、バドラン。要点はこうだ。持ちこみをくわだてたものの価格がすくないからといって考えておるわけじゃない。金額が大にしろ小にしろ、われわれが怪しんでいるのは、きみがそれを、なんの苦もなく発見したことにある。われわれがわざわざ出張してきたのは、最近、大規模な密輸入が、五、六回はゆうに超えて行われていることが明瞭だからなんだ。きみが細心周到な性格で、こうした任務の担当将校として申し分のない存在であることはわかった。もっとも、きみ自身にかんすることは、われわれの出張以前にじゅうぶん調査はすんでおることで、物資を衣類に縫いこんだり、靴のかとに隠し場所をもうけたりする手で、きみのその眼をごまかすことのできぬくらい、最初からわかっておった。現実に密輸が大規模に行われておるのだが、そうした夜も、きみは入念に検査を施行しておったにちがいない。とすれば、きみのするどい眼をくらますだけの、なにか特殊な方法が行われたと考えねばなるまい。え？　バドラン、そうじゃないか」

バドランは大げさな身ぶりで、両手をひろげて、大きくふった。将校として、すでに数年すごしているのだが、いかんせん、むかしの兵士時代の癖は、完全に消え失せるわけにいかなかったのだ。

「で、あなたがたは、なにをさがそうとおっしゃるんですか？」

チョーマン旅団長は、おうようにうなずいていった。

「わかっておるじゃないか。その、特殊な方法というやつだよ」

バドランもいった。

「なにか、手がかりはございませんか？　特務機関からの報告が、もうすこし具体的でありますれば、見当もつくものと思いますが……」

「それはそうだ」とテナントはいった。「その点、きみのことばは正しい。これまでのところ、われわれが入手する情報は、《ある種の物資》がひそかにもちこまれるというだけだった。どんな種類のものかはわからん。ただ、いつの場合でも、それが同一種類の物資であることだけはたしかだった。手がかりといえば、それだけが手がかりなんだが、遺憾なことにな、重要な手がかりということにはならん。重要な手がかりをむりに求めれば、バドラン大尉、それはきみということになるんだぞ」

かたわらのチョーマンが、驚愕のあまり、眼をいっぱいにみひらいた。が、当のバドラン大尉は、無感動のようすだった。それというのも、かれにはテナント少佐のことばの意味が理解できなかったからだ。

テナントはつづけていった。

「バドラン大尉、それはきみにも、わかっているはずだ。この事件が、われわれの情報部で問題になったとき、わしの頭にまっさきにうかんだのは、その点だった。いくど注意をあたえても、禁制品のもちこみが防げない。それはいったい、どこに原因がある？　担任の将校はどんな男なんだ？——まず最初、そういった疑惑が、おれの頭にうかんだのさ。そこでわしは、きみという人間を調査させて、その報告書を読んでみた。ところが、それから得たきみについての知識は、今夜ここで、直接この眼で見ることのできた印象とまったく一致する。きみはあらゆる点において、模範的な軍人といってさしつかえない。職務には精励、性格は廉直。しかも有能であり、法規の遵守に忠実である」

そばからチョーマンがいった。

「しかし、なんだな、この男がどうあろうと、犯罪摘発の手がかりとしては、無意味にひとしいことではないか」

「すべて手がかりとは」とテナントが答えた。「正しく読みとった場合にだけ、意味が生じてくる。どんな秘密であろうと、手がかりは存在する。要はそれを正しく読みとるかどうかで、この事実を、バドラン大尉によく知ってもらいたいのだ。われわれは密輸者どもの犯行手段を看破したいとのぞんでいる。しかし、こうした手段には、かならずや高度の知能が参劃している。それがかえって、われわれになにか、手がかりをあたえてくれるにちがいない。現在のような情勢で、知能のある人間が密輸をくわだてる価値があると考えるような物資は、その種類が非常に限定されておる、といわねばならない。

厳密にいった場合、文字どおりその重量が、金のそれの価値に匹敵するもの——となると、三つしか考えられない。いや、それは金より、もっともっと高価であるかもしれない。そしてその三つが三つとも、いたってかんたんに持ち運びできるのだ。隠匿することも、かんたんにできる。ひとつは宝石、ひとつは紙幣、このふたつとも、いま、われわれの眼の前、デスクの上にある。そして、第三のものも、やはりここに、あらねばならぬはずだ。われわれがさがし求めているかれらの手段は、たまたまこの場合、この三者ぜんぶに利用できる——そして、とりわけ、第三のものに、もっともよく役立ち得るといえるのだ」

旅団長が質問した。

「さがし求めていたと？　とすると、きみはすでに、それがなんであるか、知っておるのか？」

「知っていますよ」テナントは答えた。「むろんわたしは、知っています」

かれはそういいながら、身につけた革ケースから、拳銃をとり出した。そして、それをあべこべにして、銃身を握りしめた。と見ると、いきなりからだを、前方につき出すようにして、めのうのじゅず玉のひとつに、その銃尾をふり下ろした。

それはクルミのように、みごとに砕けて、デスクの上に、白い粉末を散乱させた。

「これがつまり、三ばん目のやつだ」

テナント少佐は、ピストルをまた、デスクの上にほうりだしていった。

旅団長は指のさきを濡らすと、粉末をちょっと、そのさきにつけて、味わってみていたが、

「なるほど」といった。「たしかにこいつは、三ばん目のやつにちがいない」

バドランは少佐をまねて、つぎつぎとめのうの玉を砕きつづけた。そして、その半透明の破片と、なかからこぼれ落ちる白い粉末とを、てのひらに集めていった。

「注意するんだぜ」とテナント少佐はいった。「まぜものなしのヘロインぐらい、高価なしろものはないんだからな」

しばらくのあいだ、バドランは目前におこった事実に、意識のぜんぶを奪われて、筋道だった考えはうかばなかった。

「こういう方法でしたか」とかれは、最後にいった。「やはりわたしは、間抜けな男でした」

テナントはそれを、気にもとめぬように聞き流して、

「そんなことは問題じゃない。どんなに愚鈍であろうと、とにかくそれは、きみの長所のあらわれでもあるんだ。愚直であるということが、かつては、誠実の別名だった時代

もあった。ただ、このせわしない現代では、そう単純にはいかなくなっただけのこと。誠実を披瀝したいにも、その世界そのものが、くらい影ばかりの、いたってあいまいなものに変わってしまったんだからな」

「わたしはばかでした」

バドランはあくまでも、判定をすなおに容認する男の態度で、いいつづけた。

「わたしはやはり、ばかだったのです」

「それもまた、神の意志さ」

とテナントはなだめた。そして、葉巻を口からはなすと、冷ややかな視線を大尉の面上に投げつけたまま、またしても無関心な口調でつけくわえた。

「しかし、だからといって、神はかならずしも、それ以上愚直であれと要求しておられるわけではない。われわれはおのれの間抜けさかげんに、自分自身、気づいてわるい理屈はない。われわれがあざむかれた原因をつきとめるのは、われわれの自由意思にゆだねられているはずだ。いいか、バドラン大尉。もう一度、この首飾りを見てみるがいい。これがこうして、われわれに発見された事実が、その裏に、どんな意味をひめておるか、考えてみれば、きみにも思いあたることがあるはずだ。靴のかかとにダイヤモンドをかくす。書物を装幀がえして、紙幣をとじこむ。その程度の工作を、われわれが看破しないわけはない。逮捕できぬと考えるほうが、よほどおかしいと思わねばならぬ。さっきもいったが、そこがかえって、怪しまねばならぬところなんだ。この理屈は、あの娘の場合、いっそうつよい意味で、主張できるんじゃないか。ふともに首飾りをむすびつけておいて、発見されぬと安心していることこそ、奇妙な話と考えるべきじゃないか」

バドラン大尉は指のさきで問題の首飾りをいじりながら、少佐のことばを反芻しているようだったが、口は、ひとこともきかなかった。

テナントはいった。

「法規の条文に忠実であることは、事実そのものに忠実であることに由来する。法はきみのまえに、禁制品の品目をならべたててみせた。ダイヤモンド、紙幣、宝石、その他百になんなんとする品々だ。きみはそれを見て、禁制品をみとめることができた。だが、それがもし、真の密輸品でなかったとしたら？　そして、いうまでもなく、きみはそれによって、あざむかれたのだ」

わきから、チョーマン旅団長が口を出した。

「きみはそれを、いつ、発見したのかね？」

しかし、テナントはそれに答えず、無言のままでいる大尉にむかって、ことばをつづけた。

「きみはおそらく疑問に思うだろう。こうした方法が、どういう目的で用いられたか？　この手段に、どのような利益があるのかと。さっき旅団長がきみにいった、なにげないことばの真意を考えてみるがよい。《密輸品をどう処分するかは問題じゃないのだ、それを発見することだけが必要なんだ》ということばをだ。どうやらこの場合、その逆もまた真であったようだ。なぜかというに、この方法が成功するかどうかは、きみがこの、なかにヘロインをかくしている品を押収して、どうそれを処理するかにかかっていたのだ。きみはそれを、命令に忠実に、きみの上官に送付した。すくなくとも七回にわたって、きみはこうした押収品を、きみの上官に送付している。なかに禁制品を秘めてはいるが、それ自身も禁制品であり、しかもそれが、かんたんに発見されることになっていた品物——つまりは、このめのうの首飾りであり、聖母子像であるものをだ」

テナント少佐は、葉巻を一息、つよく吸いこんでから、またつづけた。

「きみの上官は、それから薬品をぬきとった。密輸者たちの多くは、腐敗した税関吏どもを利用するのだが、この密輸者にかぎって、廉直な将校を利用した。かれが必要とした共犯者は、ただ、その押収物資を運搬するだけの人間だった。この連中は、禁制品ともいえぬほど安価な品をもちこんだだけで、受ける刑罰は軽易なものときまっている。罰金はもちろん、かれらに代って支払ってくれる人間がいたわけなんだ」

バドランはじゅず玉から眼をはなして、まず、テナントをみつめたが、つぎにその眼を旅団長にむけ、また、テナント少佐にもどした。かれはなにをいうべきか知っていたが、声をことばにすることができなかった。

チョーマンはその手間を省いてやるように、

「わかったか、大尉」といった。「この男は、わしのことを密輸者だといいたいのさ」

そしてそれから旅団長はテナントにむかっていった。

「率直にいうと、きみの論証はそれほど強力とは思えんよ」

かれはもう一本、タバコをとりだした。テナントはそれに火を貸してやりながら、

「じゅうぶん強力です、旅団長」

と、マッチの火を振り消していった。

「あの娘の泣き方が、それを語っていた。泣いてはいたが、切実なところが少しもない。それにはそれだけの理由があったからだ。この方法による運搬人は、ほかにも幾人かいる。その名はそれぞれ、調書に残っている。どれもみな、それぞれの立場に応じた誘惑か、恐喝によって、行動させられたのだ」

チョーマンは拇指のはらで、シガレット・ケースの浮き出し模様をなぞっていたが、

「そういったわけだ」といった。

そうしたふたりのようすを、バドラン大尉は、驚愕のあまり、凝視しつづけていた。かれらはちょうど、戦術の理論的な論議を闘わしているかのように、冷静そのものの態度で語りあっているのだった。

「情報部の報告のうち、不審でならなかったことがひとつあった」とテナントはつづけた。「そしていま、はじめてそれがわかったのだ。《内容不明のある種の物資》いつもきまって、持ちこまれるものは、《内容不明のある種の物資》だった。それはわれわれが受けとる報告としてはきわめて異例なものだ。われわれの情報機関、あんたのそれと、わたしのそれとが、どちらも、その日取りと場所を知らせてくるのだが、物資そのものの内容は教えなかった。あなたは成功がつづくので、このゲームに退屈を感じたのではないのですか？　よりスリルの多い情況で行動してみる気になったのかと想像される。あまりにもそれは、ばからしい態度と思われる。あなた自身は、そんな愚かしい人間ではないはずなのに」

バドランはやっとのおもいで、声を出すことができた。ひとりごとのようにいったのだが、事実は、声高く、ひびきわたった。

「まさか！　このおかたは、この国最高の勲章をジェネラルみずからの手で授けられたひとです！」

が、テナントはしずかにいった。

「この男は、ジェネラルと生き写しの心をもっているのさ。ふたりともおなじように虚偽の外見を好む。おなじように、空虚が好きなんだ」

ながい沈黙のあとで、旅団長はテナントにいった。

「きみは二重の意味をもつことばを、おそろしく巧みにあやつるようになったな」

ある理由のもとに、後日、かれにはそれを説明することができなかったが、その瞬間、バドランの意思を決定させたものはなにげないそのひと言だったのだ。かれは手をのばしてベルをおした。

「おい、なにをしようというのだ?」とテナントがきいた。

自分自身のことばに、慄然としながら、バドランはなお、はっきりといいきった。

「旅団長を逮捕するのです」

「それはいかん」とテナントが、するどくいった。「おれときみはすこし、外を散歩しよう。この問題は、まだ話しあう必要がある。なかなかむずかしい問題だからな」かれはゆっくりと立ちあがって、悪いほうの脚のひざに、手をやった。そして、ダイヤモンド、紙幣の束、打ち砕かれためのう、と順次に眼をやって、最後に視線を、かれのそばにある自動拳銃の上でとどめた。

「これはしばらく、このままにしておく」

チョーマンはふりかえって、テナントを見た。その視線にぶつかると、ゆっくりうなずいた。

「いや、いけません」バドランは大声に叫んだ。「ここは、旧軍隊とはちがうのです」

が、テナント少佐はいった。

「われわれは、その旧軍隊の将校さ。旅団長もおれもな。そして、おれはきみに、命令する。おれについてこい」

その瞬間――そして、その瞬間だけ、バドランはむかしのままのはげしさをもってさけんだ。

「わかりました。将校に昇進して以来、久しいあいだ忘れていた激情だった。

「わかりました。わたしもまた、旧王朝の兵士のひとりです。下士官が罪を犯した場合、営倉内でその裸の皮膚に、はげしい鞭がくわえられます。しかし、将校の場合は、名誉ある弾による数分間があたえられるのでした」

バドランの興奮をよそに、チョーマンはいった。

「少佐、わしはうれしく思うよ。きみがすこしではあるが、古い礼法を憶えていてくれたことをだ」

かれは、いまだに動こうともせず、腰を椅子に下ろしたまま、微動もしない指さきに、タバコをささえていた。

が、バドランとテナントが、かれに背をむけて、戸口まで歩みよったとき、旅団長はいった。

「ゆっくり、こちらをふりむけ。そして、ここまで、もどってくるのだ」

ふりむいてみると、旅団長は拳銃をかまえて、ふたりを均等にねらっていた。かれはすでに立ちあがっていた。その瞬間、眼をすえて、しずかな微笑を、テナントにむけていた。そして、そのおなじ瞬間、バドランはわけのわからぬさけびをあげながら、部屋を横切って、跳びかかっていった。チョーマンは銃口をバドランにむけなおして、引き金を、二度ひいた。

二回、するどいが、うつろな音がした。バドランはすでに相手のからだにのしかかって、床のうえにひき倒していた。テナントは葉巻を投げ棄てると、ドアをあけて、衛兵を呼んだ。

兵士たちは駆けつけて、バドランをひきはなし、チョーマンをたすけおこした。テナントは旅団長に戸口から声をかけた。

「娘や、ほかの者の言動だけでは、証拠としてはふじゅうぶんだったかもしれぬ。しかし、いまのその行動をとりあげれば、りっぱに論証されたものとみてよかろう。おれはいまでも、むかしの軍法規を憶えておるが、あれにはあまり、勲章のことは出てこなかったな」

「きみだって、およそ勲章には縁のうすい男じゃないか」

そういうチョーマンの声には、いまだに侮蔑の響きが残っていた。

「いかにもそうだ」とテナントも答えた。「しかし、おれは勲章には頓着しない人間なのだ。そんなものがほしくて、よけいな時間をかけるようなひまはないさ。きみもバドランだけが相手だったら、勲章で釣ることができたかもしれない。しかし、おれはだめだ。まえにもそれは、いっておいたはずだ。とにかく、おれはきみみたいな男は好きじゃない、正直なところ、おれはきみという人間が、なによりもきらいなんだ」

テナント少佐は、軍用車に乗りこもうとした。そのなかには、すでにチョーマンが衛兵におさえられて待機していた。少佐は腕にバドラン大尉の手を感じた。

「きみは勇敢な軍人だよ」

とテナントはいった。

「白十字章ももらったし、こんどはまた、拳銃めがけて、突進していったんだからな」

「あれには弾がこめてありませんでした」

とバドランは、照れたような表情でいった。

「しかし、きみはそれを知らなかった。弾がこめてないことを知らなかったのだ。それはきみをねらっておった。チョーマンという男は名誉など、わきまえぬやつだからな。そしてそれに、弾がこめてなかったのは、おれもまた、勲章ひとつもってない男だからさ」

バドラン大尉は首をふって、

「いや、大佐、あなたこそ、もっとも名誉ある軍人なんです」

「おれは少佐だぞ」とテナントは、怒ったように訂正した。

「大佐です」バドランはくりかえした。「エル・マルフェスで、わたしの胸に《白十字章》をかけてくださった日、あなたはすでに大佐でした」

テナントはいった。

「注意しておくがな、大尉。いいか、注意しておくぜ。このつぎに、めのうの首飾りを、こっそりもちこもうとする女があっても、それはおそらく、麻薬の密輸者ではなかろうよ。その首飾りが、自分の皮膚によく似合うもので、危険をおかしてまでほしくなっただけのことだ。そして、そのとき、一度だけを例外にして、あとはぜんぶ裁判にまわさんければいかんぞ」

そしてかれは、大尉がおさえた腕をふりもぎって、軍用車に乗りこんだ。そして、運転手に出発しろと命じぬうちに、バドランの丸顔が、窓からなかをのぞきこんだ。「それ、それですよ」と大尉はいった。「あの小娘を逮捕しておいて、よいことをしましたな」

その夜はじめて、テナントは腹の底から、ほがらかな笑い声を立てた。そして、手をのばして、バドランのふとい猪首をたたきながら、「大尉」といった。「きみも相当、のみこみのわるい男だな」

もし君が陪審員なら

Suppose You Were on the Jury

陪審員が評決をまとめあげるまでに、オリヴァ・アメリイの予想以上の手間がかかった。無罪と決定すると、こんどは被告人が、いつまでもくりかえして感謝のことばを述べているので、その手から逃れたときは九時にちかく、クラブへたどりついたのは九時半だった。

とりあえず、洗面所にとびこんで、うすくなりかけた灰色の髪を撫でつけ、面長の痩せた顔立ちをもう一度あらためてみた。意志のつよさと、実行力のたくましさをはっきりとしめしている顔だった。

それからエレヴェーターで、食堂へいそいだ。友人のランドルは待ちきれなかったとみえて、すでに食事をすませていた。コーヒーとアルマナックだけが、かれのまえにおいてあった。

アメリイは、窓にちかいそのテーブルにつくと、言い訳めいた微笑をみせた。それから、乾いてはいるがよく透る声で給仕を呼んで、サラダとオムレツを持ってくるようにいいつけた。

ランドルはいった。

「その顔つきから判断すると、陪審員の答申は満足できるものだったらしいな。食事にはだいぶおくれたが、それぐらいは充分に埋めあわせがついとるんだろう」

このランドルという大学教授は、天使のようにまるまると肥った顔で、いつも好んで、この種の重苦しい皮肉をとばすのだった。

「そうだとも」アメリイはあっさりいってのけた。「無罪だったよ」

「無罪？　というところをみると、刑事事件だったんだな」

アメリイはわらいながら、相手の顔をにらむようにしていった。

「きみは新聞を読んでいないのか？」

「できれば読まずにすませたいんでね」

ランドルもかんたんにこたえた。学者的簡潔こそ、かれの信条なのだ。

「殺人事件だった」アメリイは説明をはじめた。「ぼくの被告人は、カルヴィン・ラッドといってね、さいわい陪審員の評議の結果、妻を殺さなかったと決定されたんだよ」

「まわりくどい言い方をするね、その口ぶりからすると、きみの意見は、陪審員の答申には賛成できぬというようじゃないか」

「有罪か無罪の決定は、もっぱら陪審員の権限でね」

「かれらとしても、いつも正しいとはかぎっていない」ランドルはじれったそうにいった。「きみにしたって、陪審員にはぜったいに誤謬なし、なんて唱えるつもりじゃあるまい」

アメリイはこたえるまえに、舌をやすめて考えこんだ。そのあいだも、窓から外に眼をやっていた。ここは六階。はるか眼の下に、セントラル公園の灯がまたたいている。

「きみが陪審員席についたにしても」最後に、アメリイはいった。「やはりおなじような答申意見を出したんじゃないかな」

「そういちがいにいえるものか。だいいちおれは、事件のあら筋だって聞いてはいないんだぜ」

「話したところで、おもしろがるとは思わなかったからさ」

「殺人事件に興味を持たぬ人間なんているだろうか？」

ランドル教授はそういうと、両方の手を大きな腰にあてがって、話を催促するかのように坐りなおした。

かなり間をおいてから、アメリイは窓の外にむけていた顔を、ランドルにもどした。冷静で、偏見のかげさえみられぬ眼であった。

「ラッド夫妻は」と、かれの説明ははじまった。「この下に見える公園の、すぐむこうのところに住んでいた。ほら、のぞいてみるがいい。ここからでも、そのアパートの灯が見えるよ。このふたりは、どちらも四十を出たばかりで、べつに変わった特徴もない、いわば世間にありふれた夫婦者だった。友人は幾人もいなかったが、そのすくない友人が、そろって証言したところによると、かれらふたりの円満ぶりたるや、まず模範的といってもよかったらしい。夫婦のあいだに、口論沙汰は一度もなかった——とまではいきらぬが、それにしても、はたの眼につくところでは、言いあいひとつしたことがなかったのだ」

「だけどきみ、模範的な夫婦仲なんてものは、いちおう疑ってかかったほうが無事なんだぜ」

それが独身者のランドル教授の批判であった。

「好きなように解釈するがいいさ」

とアメリイがこたえた。かれはランドル教授の、鈍重そのもののような皮肉には、もともと興味を感じることがなかったのだ。

「どうしてもきみが、動機がほしいというのだったら、こういう事実があるが、どうだろう？　ラッドという男は、財産もなければ収入も乏しい。ところが、細君のほうは、これはまた、なかなかの資産家なんだよ」

「ほう」とランドルはつぶやいた。

アメリイは長いあいだの法廷生活で、身についてしまった懐疑《スケプチシズム》の眼で、相手の顔をみつめながら、

「ラッド夫人には、一風変わった癖があってね。それがけっきょく、直接の死因になったんだが、セントラル公園を、ひとりで散歩するのが好きだった。しかもそれが、夜おそくなってからなんだ」

「深夜の公園の小径か。あそこをひとりで散歩するのは、楽しい習慣かもしれないな」とランドル教授も口をはさんだ。「真夜中のセントラル公園なんて、用事のある人間はいないからな」

「ところが、それがクララ・ラッドにとって、最悪の習慣だったことが立証された。彼女の夫は、いつもそれを、危険だからといってひきとめていた。ほかの連中のいるところでひきとめたことが、かれにとってはさいわいだったのだ」

「実際、あの場所は、いままでだってさんざんうわさがあった。追いはぎが出たとか、乱暴な男に殴られたとかいう話がな」

「そうなんだよ。ことに、クララが好んで散歩したあたりが危険だった」

給仕が料理を運んできたので、アメリイはそのあいだだまっていた。

「今週だけでも、あの場所で追いはぎに出会って、瀕死の重傷を負ったというのが二人もいるんだ。その被害の直後に、クララ・ラッドが殺された。ピストルを持つ追いはぎが出没するんだ。きみが主張する危険説には同感だが、それと同時に、ラッド夫人にその危険をおかさせた妖しい魅力のほうも理解できるね。夜おそくなって、あの人影もない小径を散歩してみるがいい。なにかこう、不気味なうちに、なんともいえぬ魅力があるんだ――植込みの暗いかげが、妙に恐怖感を呼びおこして、不思議な興味をあたえてくれるのだ」

「ときどききみは、突拍子もないことをいいだすね。逆説が好きなんだな。なんにしても、深夜のセントラル公園を――しかも女ひとりで――散歩するなんて、殺してくれと頼んでいるみたいじゃないか」

「そのとおりさ」アメリイはオムレツを切りながらいった。

「ラッドの細君は、殺してくれとからだを投げだしたようなものだ。そこで、八月四日の夜、十二時をすこしまわったところ、ナイフをつき刺されて一命を失った」

「十二時すぎか」

ランドルはびっくりして、おなじことばをくりかえした。

「夫人の悲鳴をきいて、公園づめの警官が駆けつけた。間髪を容れずといったところだが、不幸なことに手遅れだった。医者もすぐきたが、そのまえに彼女は死んでいた。すぐそばに、兇器が落ちていた。最近新聞が厳重な取締りを要求しているとび出しナイフなんだ。

強奪されたようすがぜんぜんないのは、警官の駆けつけるのが早かったので、犯人があわてて逃げだしたからだろう。紙入れがとられていないので、身元はすぐにわかった。三十分とたたぬうちに、警官が彼女のアパートに向った。夫のラッドはそのニュースをきいて、非常なおどろきと悲しみをしめしたわけだ。かれは警官にこういった。妻のクララがアパートを出たのは十一時十五分すぎ。あのあとずっと、心配して帰りを待っていたというんだね。当然のことだが、その悲嘆ぶりからみて、警官はかれを怪しいなどとは思わなかった」

「ということは、その後になって疑わしい節が出てきたわけか」

「そういうことだ」と、アメリイ弁護士はすなおに受けて、「その夜偶然、公園内で、その近くにいあわせた若い男女がいたんだ。九十六番街にむかった入口の、すぐそばの植込みのなかさ。そんな場所でなにをしていたか、そこまで説明する必要はあるまい。法廷でも、その点に触れるのは遠慮していたよ。ところで、問題の主要点は、このふたりの若い男女が、自分たちのすがたは見られないで、相手のようすを見ることができたということだ。この連中が、クララ・ラッドの悲鳴を聞いてから、一分か二分の後、公園をとび出していく男を見かけたんだ。男のすがたは、入口のところで電灯の光の下にはいったので、その人相を見ることができた。それでつぎの日、新聞に出たラッドの写真を見て、この男にちがいないと警察へ知らせたというわけさ」

「おやおや」

とランドル教授はいった。気のなさそうな態度だったが、根はやさしいので、気持を動かされたらしい。

「そこで警察では、あらためてラッドを喚問した。つっこんで調べだしたが、かれはあくまで、当初の証言をくりかえすだけだ。若い男女のほうも、ぜったいに最初の主張をひるがえさない。そんなところであいびきをしていたふたりだが、いちおうは常識をそなえていて、その証言は信頼していいようなんだ。だいたい、カルヴィン・ラッドという男は、特徴のある顔つきなんだよ。そうだな、どちらかというとみにくいほうで、一

けた。
「顔がまずいからといって、人を殺すわけでもあるまいが」弁護士はすまして、説明をつづけた。
ランドルは大学教授らしい威厳をとりもどしていた。弁護士はすまして、説明をつづ
眼見たら、ちょっと忘れられぬ人相でね」

「そのふたりの青年男女は、ぜったいに見まちがいでないと断言する。そのうえ、ラッドにとって不幸なことには、第三の証人まであらわれた。こいつはタキシイの運転手でね。これがまた、同様の趣旨の証言をするんだ。ほぼおなじくらいの時刻に、その男の車のまえを、カルヴィン・ラッドが横切っていったというんだ。この三人の証言によって、カルヴィン・ラッドは公判手続きにまわされることに決定された」

「それはまあ、そうだろうな。それでどうなんだ？　ラッドはきみに、真相をしゃべったのか？」

「真相？」アメリイ弁護士はサラダをまえに、考えこみながらいった。「かれは主張を変えんよ。その夜はアパートを一歩も出なかったと、あくまで言いはっておるのさ」

「三人の男女が、それと正反対の証言をしてもか？」

「そうなんだ、証言があってもだ」

「かなり強情な男のようだな」

それが大学教授の批判だった。

「検事もやはり、きみと同意見だった。そして検察がわは、死刑を要求して公判にかけた。が、公判はまた別ものだ。死刑の宣告をかちとるのも、また別の問題だ。きみだったらどう考える？　これだけの証拠で、人間ひとり死刑にできると思うかね？」

「さあ、それは――」

とランドル教授は、不満足そうな表情でいった。「なんともいえんな」

「しかし、きみが陪審員だとしたら、なんともいえないではすませないんだぜ。有罪か無罪――どちらかに決定しなければならないんだ。裁判長が陪審員に質問する文句は知っているだろうな？　この被告人が有罪なことを確信できますか？――というんだ。そして、検事が、その理由をこまごまと述べたてる。三人の証人も申請するだろうよ。そしてその証言で、かれの嫌疑はつよくなる。はたしてそれが、証人の見まちがいであろうか？　おそらく、そうではあるまい。が、あくまでそれは、《おそらく》なんだよ。人間の生命が、その《おそらく》にかかっているんだぜ。きみたち陪審員としてもだ、ただの《おそらく》で、かれの生命をうばってしまって、今後安穏な顔でいられるかね？　誤解じゃなかったか――というつよい疑惑に、いつまでもいつまでも、責められずにすむといいきれるだろうか？」

「証人がたしかにみたと主張するのなら――」

　とランドルがいいかけるのを、アメリイ弁護士はさえぎって、

「ふたりの恋人が、深夜の公園を駆けぬけていく男のすがたを見たんだ。その後すこしたって、おなじ人影を、タキシイの運転手も見ている」

　そして、窓の外を指さしながら、アメリイはつづける。

「あの公園を瞰下ろしてみるさ。画面が二枚、浮かんでくるだろう。もしかりに、きみが陪審員だとしたら、当然思い浮かべなければならぬ光景だ。どちらの画面にも、ラッド夫人がひとりで散歩している。一方の彼女は、最近、あの公園に頻発している強奪事件の被害者だ。きみ自身、さっきいったな。真夜中のセントラル公園をひとりあるきするなんて、殺してくれと要求しているようなものだとね。もう一枚の画面では、彼女をねらっているのはその夫だ。世間の眼には、いたって円満な夫婦仲だと映っているが、その夫が植込みのなかに、ナイフを手にしてひそんでいるのさ」

　ランドルは、弁護士の指さきを眼で追いながら、闇に沈んだ公園と、そのあいだにあって、おぼつかない光を投げている電灯とを瞰下ろした。

「しかし、陪審員は」とアメリイは、友人の沈黙の意味を読みぬいていった。「すこしでも疑問の余地があるかぎり、有罪の答申に踏み切るわけにはいかんのだ。考慮しなけ

ればならぬ疑念がある以上はね」

そのことばには、大学教授の耳をひきつけるひびきがこもっていた。ランドルはハッとしたように、窓から眼をはなしてふりかえった。

「だけど、きみはそうじゃあるまい。カルヴィン・ラッドが妻を殺したことに、疑いは持っておらんのだろうな」

「ぼくがか?」アメリイがきいた。「ぼくはきみ、あの男の弁護人だぜ。かれを弁護する立場にあるんだ」

ランドルはまるまっちい指をふって、そうした機微にふれる論議はごめんだといったように、

「おかしいね。きみの口うらでは、かれの有罪を確信しているみたいに聞えるが」

アメリイは火のついていないタバコを、長く平たい指のさきで、ぐるぐるとまわしながら、

「確信してるというわけじゃないよ。疑問を感じないこともないが、法廷で述べられた証拠だけでは、やはり一票は、釈放のほうへ投じるのが無事だと思うだけさ」

しかし、ランドルはそのことばに満足できなかったとみえて、まじめくさった顔つきで、いつまでも相手をみつめていた。しまいにはアメリイも、口のはたに苦笑をもらし

ていった。

「もちろん事実の全部が、法廷に持ち出されたというのでもないがね」

「たとえば？　あきらかにされなかったことというと？」

「クララ・ラッドは、ぼくの依頼人の三度めの妻なんだ。ところが、この三人が三人とも、そろって不慮の死をとげている。三人ともに殺されているんだよ」

アメリイは話をとめて、友人の表情を愉しんだ。あやのある会話の愉しみに祝杯をささげるつもりか、給仕を呼んで、ブランディを注文した。

「な、なんだって？　かれの弁護士から、意外なことを聞かされるものだな、おれの聞きちがいでなければ仕合わせだが――」とランドルは重苦しい口調に、せいいっぱいの皮肉をこめて、

「ラッドが殺人容疑で法廷へ立ったのは、これが三度目だというのか？」

「事実は事実だ。あの男の三人の妻は三人ともに殺された」

「で、こんどの公判では、その事実はとりあげられないのか？」

「一件も問題にはされなかった」アメリイは満足そうにこたえた。

「おかしいじゃないか。それこそ、いちばん肝心な証拠といえるんだが」

ランドルは興奮気味にしゃべりだした。

「そうした事実があると」とアメリイはいった。「ラッドの有罪が信じられてくるというのか？」

「当然そうなると思うね。おれだったら信じたくなるよ」

「だからこそ、その事実を証拠として持ち出すことが許されなかったのだ」

「これは以前からのおれの持論だが」とランドルが、ひどくえんきょくないい方をした。「パラドックスの才能をふりまわすくらい、会話を混乱に陥れるものはないんだぜ」

するとアメリイはこたえた。

「この場合、パラドックスをふりまわしているのはぼくじゃないぜ、逆説は法規自体にあるのだぞ」

そして弁護士は、友人の怒りをおうように笑ってのけて、

「たぶんきみは、カルヴィン・ラッドの不幸な経歴を、もうすこしくわしく聞きたいと思っているんだろう？」

ランドルはさけんだ。

「不幸な？　不幸かどうか知らんが、聞いたことは聞いたよ」

「と思ったね。では話して聞かすが、このラッドという男は捨て子だった。十六の年まで、ボストンにある孤児院で成長した」

「だからといって、同情する気持も湧かんがね」

「ぼくだってないさ。カルヴィン・ラッドの生涯は、十七の年に、金物屋の店員となって住み込んだときから出発する。主人の名はマンデンといった。マンデン夫婦は子供がないので、たいへんこの少年を可愛がった。なみたいていの可愛がりようではなく、二年後には、法律上の手続きをすませ、正式の養子とした。が、そうした親子の関係も、長つづきはしなかった。それから六カ月ほどたつと、マンデンのかみさんのほうが、すこし思っただけで死んでしまった。つづいて翌年、こんどはマンデンが、街頭で強盗に襲われて殺された。ある日の午後の出来事で、銀行へ現金をおろしにいった帰り途だった」

ランドルは思わず息をのんだ。

「これがカルヴィン・ラッドの、不幸な経験の最初だった」とアメリイ弁護士はしずかな話しぶりでつづけた。

「金物店は継いだものの、商売にはちっとも身が入らない。無理もないことで、可愛がってくれた夫婦に死なれた打撃があまりにもつよすぎたからだ」

「三人の妻と養父母か」大学教授は憤激したようすである。「ひどすぎる話だな！」

アメリイは言い訳めいた口調でいった。

「マンデンのかみさんは、病気で死んだとわかっている。それに、きみにはまだラッドの性格を説明してなかったが、こいつがやはり、その不幸な経歴に関係があるんだ。見たところからして、感じのよい男じゃない。雲をつくような大きなからだに、不釣合いなくらい小さな頭がのっかっている。手足だって異様というより言い方のないほど大きいんだ。それでいて、ひどく内気な印象をあたえるので、マンデンの店に働いていた何年間にも、友だちというようなものはひとりもできなかった。

老夫婦に死なれて、あの男のこころにのこった空虚な感じだが、きみだって想像するのに、そうむずかしいことではなかろう。ラッドだって、あたたかい気持に欠けていたわけじゃない。むしろ、ちょっとした同情にも、それはもう、よろこんで、ふかい友情を感じとる性質なんだ。ぼくはこんどの公判で、たまたまかれの弁護を引受けることになったが、その間、息苦しく思うほど、感謝のことばに悩まされたものだよ」

「あたりまえさ。生命を助けてくれる人間と思えば、だれだって感謝の気持をあらわしたがるだろうよ」

「それはまあそうだが」とアメリイはいって、「とにかくそうしたわけで、マンデンが死んだあと、ラッドは夜毎に、演奏会とか講演会とかで、淋しい気持をまぎらわすようになった。孤独な人々がやるようにな。ところがある夜のコンサートで、若い婦人と知り合いになった。それがテリーサ・ファレルといって、後にラッドの最初の妻となった女だ」

大学教授ランドルは、その肥満したからだをふるわせた。それがかれに許された、最上のデリカシイなのだ。

「テリーサ・ファレルは」とアメリイはつづけた。「小学校の教師だった。おとなしい性質だが、ラッドほどには内気でない。どちらかといえば、快活で明朗なたちだが、なぜかカルヴィン・ラッドにひかれていった。ラッドもむろん、彼女が好きになって、けっきょくふたりは結婚した。結婚はラッドの精神にさわやかな刺激をあたえた。その後はかれも、せいを出して店の経営にあたる気持になったし、友だちといった連中もできはじめた。ところが、せっかくのよろこばしい傾向も、この第一の妻に死なれたことから、また以前のかれに逆もどりしてしまった」

「彼女の死か」

ランドルは、ことばにちからを入れてくりかえした。

「実際おかしな話なんだが」アメリイのほうは落ちついて話しつづける。「この最初の妻は、第三のラッド夫人と、まったくおなじ状態で死んでいった。ボストンにあるフェンウエイ公園で、八月のある夜おそく殺されたのだ。追いはぎに襲われたんだよ。当時ボストンのあの界隈では、強盗による殺人が立てつづけに起こった。警察は手口がまったくおなじなのを見て、同一犯人の兇行と判断した。その後まもなく、犯人は逮捕されて、裁判の結果処刑された。が、刑の執行に先立って、告白していったことがある」

ランドルはきゅうに眉をひそめて、怪訝そうな表情をしめした。そこへちょうど、給仕がブランディを運んできた。アメリイは話をとめた。そしてかれは、ブランディのグラスを両方の手であたためながら、食堂内を見まわしてみたが、時刻がおそいせいか、どのテーブルにも、ほとんど人影は見られなかった。

しかし、アメリイは平気な顔でつづけた。

「すべてを告白していったわけでもないが、とにかく、犯人は、テリーサ・ラッドを殺したのだけは別人の仕業で、おれはぜんぜん無関係だと抗議した」と、ブランディのグラスをなめながら、「一方、妻を失ったカルヴィン・ラッドの悲しみは、とうとうかれの金物店を破産寸前の状態に追いこんでしまった。ボストンはあまりにも、悲しい記憶が多すぎたので、かれはその町を去って、ワシントンに移った。そこでまた、おなじ金物店を開業した。たまたま名前を変えたので、ワシントンではかれの前歴を知っているものがいなかった。そのおかげで、それから五年ののち、第二の妻が殺されたとき、警察から不審の眼をそそがれるのを免れることができたのだ」

ランドルはきいた。

「そこでもまた、追いはぎに出っくわしたのか？」

「きみがもうすこし、新聞記事に興味を持っている男なら、ワシントンに起きた有名な射撃事件を憶えているはずだがね——頭がおかしくなってね、夜分、あかりのついた窓を見ると、弾丸を撃ちこみたくてたまらなくなるという男がいたんだ」

「なるほどね。するとその男も、おなじように全部の犯罪を自白したが、ひとつだけ否定していたというんだね」

「あいにくこの射撃魔は逮捕されなかった。だが、おそらくきみが、興味を持つにちがいない事実があるんだ。かれのほかの犯罪は、どれもみな、おなじ兇器を使っていた。高性能のライフル猟銃。それがラッド夫人の場合にかぎって、おなじような射程距離からは発射されているが、弾丸に残った痕をしらべると、それがぜんぜん、別個のライフル銃なんだ。警察はちょっと当惑したが、そうかといって、夫のカルヴィン・ラッドを、彼女の死と結びつけるだけの証拠もない。ふたりは、世間もうらやむほど仲のよい夫婦だったからだ」

「わずかばかりの友人が、全部そろって、そう証言したというんだろう」と大学教授が口をはさんだ。

アメリイはそれにこたえて、

「そのとおり。どうやらきみも、事件の意味がつかめてきたようだな。第二の妻が死んで、ラッドはまたまた、孤独の殻にとじこもることになった。そのつぎに殻を出るには、相当長い時間がかかった。ほとんど五年に近い年月だった。ワシントンで死んだ女は、かれがちょいちょい食事をとりにいった、あるレストランのウエイトレスで、彼女が同僚のひとりに、ラッドさんてお気の毒なかただわと洩らしたのが、そもそものはじまりだった」

「可哀そうな女だな」ランドルはいった。

「そうだとも。言葉の二重の意味で、可哀そうな女だった。きみにはもうわかっているだろうが、かりに殺人を犯したのはカルヴィン・ラッドだとしても、それはけっして、金をつかみたくてやったことじゃない。マンデンが死んだときは、金物店が手にはいった。クララ・ラッドは資産家だった。それにしても、ラッドに魅力を感じた連中を考えると、ずいぶんいろいろな方面にわたっている。ヴァラエティの多いのには、奇妙な感じを受けるくらいなんだ」

ランドルもいった。

「いや、それ以上に、その連中の運命が似かよいすぎているのがおもしろいぜ」

アメリイもうなずいて、

「たしかにそうだ、きみのいうとおりだよ」

「さてそこで、ラッド第三夫人の件になるが——」

とランドルがいうと、アメリイ弁護士は肩をゆすって、

「カルヴィン・ラッドは、住居をニューヨークにうつした。そこでまた、かれのコンサート通いがはじまった。音楽だけが、かれの生活に大きな比重を持った。たまたまある日、となりあった婦人と会話をかわした……」

話しながら弁護士はブランディをのみほして、そのグラスをテーブルの上においた。

「四人の被害者か」

とランドルはいらいらと、頭ばかりふっていた。それでかれは、いやなイメイジを追いはらおうとしているのだった。

「そこでだ、きみの話によると、そのような怖ろしい経歴が公判に持ち出されなくてすんだというようだが」

「むろん検事に、その意図はあった。ぼくのほうで、即刻、異議をとりあげてくれた。もっとも検事にしたところが、そうなるものと覚悟していたにちがいない」

「それもちょっと怪しからん話じゃないか」

とランドルは、サムエル・ジョンソン博士気どりでいってのけた。

「どこが怪しからん？　あの男は、クララ・ラッドを殺害したという容疑で、公判に付せられたんだぜ。それだけの事実で、起訴されたのだ。クララ以前のふたりの妻が、かれの手にかかって死んだのだとしたら、それがかれの、三ばんめの妻を殺した事実を証明するというのか？」

「そう考えるのが自然じゃないか」

「その問題は、べつの観点からみる必要もあるんだぜ。それはわれわれに対して、かれが有罪だという先入観を注入するおそれがあるんだ」

「思いこんだってかまわんじゃないか。結局のところ、おなじ結果になるんだから」

「そうはいかんよ。これは司法の、重要な原理に関連してくるんだ。いいかね、例をあげてみるぜ。テリーサ・ラッドをふくんで、四人の女がボストンのフェンウエイ公園で殺された。殺人は立てつづけに起こって、情況がみな一致している。容疑者は逮捕され拘置されている。もしかりに、かれがテリーサ・ラッドの殺害の件だけで公判にまわされたとする。その場合、検察がわが陪審員のまえで、ほかの三人の女性を殺したのもおなじ手段だと立証して、それでテリーサの事件を有罪に持ちこめるんだとしたら、けっきょくのところ、かれは関知していない事件のために死刑を言い渡されることになるんだぜ」

「どちらにしても、たいした損失じゃない」

「どんな犯人だって、裁判は公正であるべしと要求する権利はあるんだ。それまで無視してよいというのならべつだがね」

「きみの主張点は承認するよ」

大学教授は気がなさそうにいった。

「それは光栄だ」

「それにしても、あの被告を、複数の殺人事件で訴追することもできるんだろう？　なぜラッドを、三人の妻全部を殺害したとして起訴しなかったんだ？」

「理由はいろいろあるよ。そのひとつは、きみだけの頭脳があれば、わかってもらえるはずだが」

「それは光栄だ」

とランドルは、返礼のように、皮肉をいった。

「三つの犯罪の」と弁護士はこたえた。「ひとつはボストンで起きた。ひとつはワシントン、あとのひとつはニューヨーク。そして、かれが公判に付せられたのは、ニューヨークで行われたものだけなんだ」

ランドルの顔は緊張にゆがんでいた。法律の迷路をかいくぐって、いちずに正義を追っていく、良心の徒の表情であった。

「それならそれで、それぞれの都市で起訴することにしたらよかろうに」

「証拠さえあればね」

「ほう、ニューヨークで第三の妻を殺したことが、あとの犯罪の証拠にならないのか？」

「かれはニューヨークで、殺人を行わなかった。陪審員がそう決定したよ」

ランドルは椅子の腕に、しっかりと両手をおいた。

「しかし、きみにしてもぼくにしても、かれが三人の妻の命を奪い、養父を殺したことを確信しているんだ。裁判の結果がどうあろうと、道義的には、そう信じてまちがいないようだな」

アメリイ弁護士はグラスのふちに、指のさきをしずかに触れさせながら、

「そうだとも。ぼくの知っている人間で、あの男の近づきになろうというのがいたら、極力とめることだろうよ」

「おれだってそうだ」とランドルもいった。「おれ自身、そんな男のそばへいきたくない。それ以上危険な人間はないからな」

「利口すぎるのさ。風采や身のこなしを見ただけでは、そんな機敏なまねのできる男とは思えんがね。とにかく、マンデンというおやじは、銀行へ預金をおろしにいって殺された。クララとテリーサは、大きな公園を散歩していて、追いはぎに襲われた。二度目の妻は、当時名高い射撃魔の犠牲になった。そのどれもが、酷似した犯罪にひきつづいて行われた」

「はっきりいえば、手口は似ていても、べつの人間の手がくわわったものだと思える——といいたいんだろう？」

「それ以上だ。頭のある殺人者は、自分の犯罪の代用品を警察にあてがうんだ。病死か事故死と思わせることもあるが、さらに悪辣なのは、ほかの人間の犯行とみせかけてくる。しかもラッドは、そのほかの人間をえらぶのに、おそろしく慎重な考慮をはらった。それぞれの犯罪を、警察のいわゆる、殺人の《型》にあてはめたんだ。その特徴を、わざわざそなえさせてやったのさ。いくらシステマティックでも、ふつうの殺人者ではそれだけの頭は持っておらんよ」

「システマティック？」

「専門語だよ」弁護士は照れたような笑いをもらして、「ひとりの男の身辺に、似たような事故ばかりひきつづいて起こると、それぞれの事件が、ただの事故とは思われなくなってくる。厳密にいうと、ラッドの場合に適用するわけにはいかんのだが、しかし、ぼくの気持では——たぶんきみもおなじと思うが——ラッドは嫌疑をほかへそらすために、それとおなじ方法を用いたんだ。そしてそれが、悪運つよく成功したのさ」

「その点、おれも同感だよ」とランドルはいった。

「ただ厄介なのは」アメリイはつづけた。「動機がぜんぜん見当らぬことだ。ぼくはそれぞれの場合を、いちおうくわしく調査した。システマティックな殺人としたら、なにかの利益を目的としたにちがいない。マンデンが殺されたことによって、ささやかながらも、一軒の店の主人になることができた。クララ・ラッドが殺されたことで、相当の財産がかれのものになった。だが、ほかのふたりはそうはいかない。殺してみたところで、なんの利益も手にはいらんのだ——小学校の教師と女給仕だからね」

しかし、ランドルはいった。

「見当がちがっているんじゃないか？　全部の犯罪も、動機は財産以外にあったのかもしれんぞ」

「想像がつかんな」

そういいながらアメリイは、ブランディのグラスをとりあげて、きれいに飲みほした。

そこで大学教授は、ゆっくりと自分の意見を述べた。

「最初ラッドという男は、可愛がってくれる養父を殺した。つぎには、孤独の淵から救ってくれた女教師、いっしょに音楽を愉しんでいた女と、順々に殺していった」

「なるほどな」アメリイはいった。「ひとつだけ、共通点があるね。かれはすべての被害者に、こころから感謝してしかるべき理由を持っていた」

「おそらくそれが、この連続犯罪の動機かもしれんよ」

　高信じきれぬ瞬間だった。弁護士は教授の顔をみつめていたが、やがて声をあげて、高らかに笑いだした。特別よくとおる、あかるい笑いだった。証人がぎっしり詰った法廷でも、ロケット弾のようにつきぬけて聞える笑いだった。

「とすると、感謝したいから殺したことになるね？　それもしかし、薄弱な理論だな」

　アメリイは意地のわるさを、微笑の底にのぞかせながら、教授の眼をみつめていった。

「きみの話を聞いているうちに、ふと思いついただけのことさ。おかしな理論とはいうが、ほかに考えようがあるのかい？」

　アメリイはもう一度、グラスをとりあげたが、からになっているのを見ると、テーブルにおいて、じりじりしたようにいった。

「ランドル、もうかなりおそいんだぜ。むだな抽象論をたたかわしている時間じゃないぞ」

「いや、おれは真剣なんだ。きみにはわからんか！　いまおれがいったロジックによると、あいつの行動に一貫した筋がとおるじゃないか」

「おそろしい理由だ」

「きみは実際、始末にわるい男だよ。こんな議論をはじめておいて、いまさらやめろもないものだ。やめようにも、やめられるものか」

「質問したのはきみのほうだぞ」アメリイはいいかえした。

「だがもう、おそくなったこともたしかだ」

事実、給仕たちは顔をしかめて、両手でナプキンをひっぱりひっぱり、壁ぎわをうろうろしていた。そこでランドルはいった。

「おれのアパートは、すぐその角をまがったところだ。あそこだったら、煖炉に火は燃えているし、ブランディだろうが葉巻だろうが、いちおうきみを満足させるだけのものがそろえてあるぜ」

が、アメリイは首をふった。

「今夜はやめておこう。きみの議論は、たしかによいところをついている。だが、そのつづきは、こんどの機会にゆずろうじゃないか」

「しかし、きみ」とランドルはじれったそうに、「これはきみ自身の事件なんだぜ。すこしでも関心があるのなら――」

かれのことばは中途でとだえた。アメリイの顔がよこをむいて、視線を窓の下の公園にさまよわせていたからだ。

「ああ、気がつかなかった。きみは疲れていたんだな」

アメリイは窓から眼をそらせて、奇妙なくらいするどい口調でいった。

「ラッドの事件についてのぼくの興味は、きょうの公判で、無罪と決定した瞬間に消えてしまったのさ」

かれはタバコとライターをかきあつめて、ポケットにすべりこませた。

ふたりはそろってクラブを出たが、ランドルの心配はまちがっていなかった。アメリイは、見たところ以上に疲れていた。

ランドルのアパートへまがる角で、ふたりは一度立ちどまった、そして、ランドルはいった。

「一ぱい進呈したいが、今夜は遠慮しておこう。帰ったら、すぐにベッドにはいることだぜ」

「そうするよ」と弁護士は、ぼんやりといった。「明日はまた、いそがしいからな」

「また殺人事件か？」

「おいおい、冗談じゃないぞ。きみはぼくの仕事を、よほど血なまぐさいものと考えているんだな。明日は遺言検証さ。これがまた、おそろしく面倒な事件でね」

「そうだったか」大学教授は笑いながら、「そいつもまた、議論のタネになりそうだな」

友人の腕をかるく叩いて、かれは街角をまがっていった。

アメリイはしばらく、上衣のポケットに両手をつっこんだまま、無言でそこに立っていた。ランドルのすがたが見えなくなると、タキシイの駐車場にむかってあるいていった。

しかし、そこまでいくには、公園の前を通ることになる。入口でかれは立ちどまった。最前からランドルを相手に、夜更けて音もない公園の魅力を語りつづけていたが、かならずしもそれは、想像だけでしゃべっていたわけではなかった。入口に立って、かれの気持は、そのとき以上に掻き立てられた。駐車場のほうには、チラッと眼をやっただけで、公園のなかにはいっていった。

すばやく足をはこんで、公園の小径を半分ほどすすむと、突然、かれのまえに浮かび出た人かげがあった。

「あんたも、この径を散歩するのが大好きだといってましたね、ちょうどクララとおなじように」

近よってきたのは、カルヴィン・ラッドだった。

「ひょっとしたら、ここでお眼にかかれるかと思いまして、さっきからお待ちしていたんでして――」

一瞬のうちに、さまざまな思いが、無秩序にアメリイのこころを駆けぬけていった。そのあとで、アメリイはきいた。

「それにしても、今夜ぼくがここを散歩すると、どうしてきみにわかったんだね？」

ラッドはにこにこした顔でこたえた。

「さっきお別れするとき、帰りはクラブで食事をするとおっしゃいましたね。それでわたし、見当をつけたんです。あなたのクラブは、この公園と眼と鼻のところにあります。食事をしながら、公判のことを憶い出せば、自然に公園のことも頭に浮かんでくると思ったからです」

「なるほど、そうか」

アメリイは前よりいっそう、足をはやめてあるきだした。つぎの小径の電灯を、まっすぐにみつめながら……

背後からラッドの声がした。

「クララもやはり、その気持がおさえきれなかったんです。窓ぎわに立って、公園を瞰下ろしていると、きまってつぎの瞬間には、コートの袖に腕を通しているのでした。でも、夜中には危険なことです。わたしはいつも、おそいからといってとめたのですが――

――」

「そうだったな。よく知っているよ」

「お待ちしていたからといって、お気にさわったわけではないでしょうね」

アメリイはいそいでいった。

「そうとも。気にさわるわけがあるものか。きみがいうとおり、こんなおそい時間では、危険だから、いっしょにいてくれれば、安心していられるわけだ」

「わたしには、申し上げたいことがあったんです」

ラッドは手袋をはめた手を、しきりにふりまわしていた。からだが転落するのを、ささえようとするかっこうだった。

「法廷でお礼を申しあげればよかったんですが、ごたごたしていてチャンスを失いました。クララの件で逮捕されましてからは、このひろい世界に味方といいましては、あなたおひとりだけでして……」

アメリイはいった。

「いいんだよ。ぼくは弁護士なんだから」

「そんなものではありません。わたしは公判のあいだ、それを申しあげる機会を待っていたんです。あなたのおかげで、この命が助かったんですから」

アメリイはなにかいいかけたが、口をつぐんで、首をふった。

ラッドはつづけた。

「ええ、助けていただいたんですから」

しゃべりながらも、かれはアメリイのまえに手をぶらぶらさせた。

「こんなにうれしかったのは、わたし、生まれてはじめてのことで――」

かれは手をのばして、アメリイの手をにぎった。だれか、その場の光景を見ていたとしたら、手をのばしたのは、相手を抱擁するためと思ったであろう。

だが、見ているものは、ひとりもいなかった。

うまくいったようだわね

This will Do Nicely

ヘレン・グレンデルは、夫を殺すと、すぐに同家の顧問弁護士ティモシイ・チャンセルを電話で呼んだ。彼はグレンデル夫妻の親友であり、そして、ヘレンの意見によれば、もっとも退屈な友人の一人であった。

十二時をすぎていたので、電話はむろん、交換台で手間どることもなく、すぐに通じた。三十分ののち、着替えをすませたかれは、人通りの途絶えたリヴァサイド・ドライブをいそいでいた。グレンデル家のアパートは、十丁ほどのところにあるのだ。

自動エレヴェーターを出ると、かれはベルを押した。ヘレンは待ちかねたようにドアをあけて、さっそく寝室にみちびいた。ベッドのわきを見ると、死体に変わったアレック・グレンデルが横たわっていた。正装のままの姿だった。

「本当に死んでいるようだが」とチャンセルはいった。「ヘンダーソンに連絡をとったほうがよくはありませんか？」

ヘンダーソンというのは医者で、やはり彼女の夫の友人の一人なんだが、これもまた、チャンセルに劣らず、退屈な男だった。

「むろん死んでいますわ。わたし、二度も撃ってやったんですから。心臓に命中しておりましょう？」

彼女の言葉を確かめるために、チャンセルはそこへひざまずいた。もっと正確にいうと、そういう姿勢をとって確かめているように見えるしぐさを行ったのであった。

そして、かれは言った。

「しかし、テイラーの法医学綱要には、これとそっくりおなじ銃創を負って、なおかつ生存していた実例を数件あげておりますよ」

「でも、アレックはほんとに死んでいますわ。間違いなんかありませんわ」

ヘレンはドアの柱《だき》に、からだをもたせていた。淡青色のドレッシング・ガウンが、眼をみはるほどなまめかしい。長いつきあいだが、寝間着すがたを見るのははじめてなので、チャンセル弁護士は、眼をそらせぬわけにいかなかった。

そして、かれは立ち上って、ていねいにズボンの塵を払いながらいった。

「これはどうも、驚いたことになった」

「あなたらしくもないことをおっしゃるわね。こんな事件はさんざん手がけておいででしょうに」

「書類の上では、たびたびとり扱っていますがね」

「そうでしょうね。あなた方の知っていることといったら、万事が書類の上のことばかりね。わたしがこのひとを殺したのも、やはりそういったところに、理由があるのよ」

「たしか、このピストルはアレックの所持品ですね？」

かれは、兇器の品を、エナメルの靴の爪先でつつきながらきいた。

「大戦当時から持っていましたわ。第一次大戦ですよ」

第一次大戦という言葉を、彼女はまるで、十字軍の第一回遠征のことでもいうように発音した。彼女の不満の原因は、アレックとのあいだの年齢の相違にあったからである。

チャンセルはいった。

「犯罪に興味を持っていた人間として、これはこれで、ふさわしい死に方とでもいいましょうかね。それにしても、自分自身が殺されることになるとは、いくらかれでも気がつかなかったことでしょうな」

「息をひきとるまえに、なにか言っておりましてよ。なんといったか、聞きとれませんでしたけど、よろこんで死んだのでないことはたしかですわ」

「あの男は、なにごとによらず計画をたてるくせがあった。それだけにまた、さきの見越しをつけるのが得意だった。そのかれが、なにも言ってなかったところをみると、かれにも予想外だった出来事なんですね。なにかのはずみに、こうなったんですか？」

「あのひとにとってはそうでしょうね？　でも、わたしとしては、長いあいだ考えぬいた結果ですのよ」

「ほう」とチャンセルはいった。「これはどうも、驚いたことだ」

やっとそのとき、ヘレン・グレンデルはドアの柱からからだを離した。

「あちらのお部屋へいきましょう。わたし、くわしくお話ししますわ。死体のそばでは、落ちついてお話もむりですもの」

かれら二人は、かなり色がさめたソファの上に、一定の間隔をおいて、腰を下ろした。

チャンセルはすぐにいった。

「とにかくぼくにさっそく連絡をとったのは、あなたとしては、上出来でしたよ」

弁護士は、マッチの軸みたいに痩せたからだを、クッションのあいだふかく埋めていた。羊皮紙そっくりのその顔を見ていると、これもまた、アレック同様、あの世へいった人間かと思われる。どうにか、そう早合点するのを防いでいるのは、ボタンに似て、黒光りのする眼が、絶えずくるくる動きまわっていることであった。

「われわれ研究家という人種は、犯罪についての理論や知識はすこぶる豊富だが、いざ現実にぶつかると、さっそく無能ぶりをさらけだしてしまうのです。情けないかな抽論だけでは、こうした場合、なんの役にも立たぬということをご承知ねがいたいですね。おそらくどんなにそれがみじめなものかは、あなたにはおわかりになるまいが――」

「でも、わたしはそう思わないわね。ええ、そう思わなくてよ、ティモシイ」

彼女はテーブルの上の煙草箱から紙巻を一本ぬきとると、からだを前にさし出して、チャンセルの手が火をつけてくれるのを待っていた。

「あなたは大丈夫と思ったのよ。あなたにきてもらえば、助けてくださるとね」

「助ける？　なにを助けるんです？」

「もちろん、アレックの始末よ。どうしたらよいか、教えていただきたいわ」

「ぼくの助けなんかいりますか。そんな弱気で、よくそれだけ思いきったことをやれましたね」

かれはそういいながら、さらにかけごこちのよいように、からだの位置を動かした。

「まあ、そういえばそうね。自分ながら、よくこんなことがやれたと思いますわ」

「そこで、あなたがつぎにとるべき行動は、すぐにわかる。一流の刑事弁護士に連絡をとるんですな。同時に、警察当局へ電話で知らせる必要もある。弁解の理由としては、一時的の精神錯乱だというのが、いちばん妥当だと思いますよ」

かれは、ちょっと言葉を途切らせたが、眉をくもらせたまま、つけくわえていった。

「裁判は相当難航するでしょうがね」

「でもティモシイ。わたし、そんな申立てはしなくてよ。いくら、一時的にしても、精神異常だなんて、そんなことをいうのはごめんだわ。気がおかしいからって釈放してもらったところで、入れちがいに精神病院へほうりこまれたらたまりませんもの。何年入れておかれるかわからないじゃないの」

「しかし、こうした情況の下では、あなたに主張できる理由は、局限があるのです。その範囲は非常にせまい……さあてと、ちょっと考えさせてもらいましょうか」

かれが考えこんでいるあいだ、ヘレン・グレンデルは、そばのテーブルへ手をのばして、ブランディをたっぷり、タンブラーに流しこんだ。弁護士はそれを受けとって、ぶつぶつとつぶやいていた。

「名誉を毀損された場合の殺人はとがめられぬという不文律があるにはあるが——しかし、まさかアレックが——」

するとヘレン・グレンデルは、平気な顔であとをひきとった。

「それはそうよ。わたしだって、そんな目にあったとは考えないわ。アレックの教えた生徒さんに、それらしいひとがいることは知っているわ。もう大学を出たらしいけど、ミス・マドックといって、フィネスバラ新聞の研究をしているひとよ。でもそんなことでわたし、こんな騒ぎは起さなくてよ」

冷静すぎるくらいのヘレンの眼に、かれは身ぶるいに似た感じを受けた。いそいでブランディを口へ持っていったが、すぐにまた、グラスを下ろして、

「正当防衛を主張する手もないことはない。だが、どうもこの場合、大して強力な理由になるとも考えられないですよ」

「なにか偶然の事故といえませんかしら？」

「事故ですか？　時は真夜中ですよ。しかも、絹の寝間着に着替えたあとで、第一次大戦に使ってから、一度だってとりだしたことのない大型レヴォルヴァーを、どういうかげんで掃除しだしたんでしょうね？」

彼女はとたんに、意地のわるい顔になった。「それはそうよ。むろん、偶然の事故なんてものじゃないわ。わたしはわたしで、ちゃんとした理由があったのよ」

「そいつは、聞かないほうがよさそうですね」

「話してあげたって、たぶんわからないと思うわ。あなたにしたって、その点アレックとそっくりおなじですもの」

「顧問弁護士に理解できぬことが、陪審員に納得できると思いますか？」

「だから、ティモシイ。陪審廷に出るのがいやなのよ。わたし、ほんとはそれが、とてもこわいの」

「そうでしょうね。しかし、裁判にかからぬようにさせることもできませんからね」

「いいえ、できると思うわ。裁判なんかにかからないようにやってみせますわ。あなたとうちのアレックが、顔をあわせるたびに、夢中になって話しあっていたこと——わたし、あれをみんな憶えていますのよ。証拠不充分で、けっきょく死刑にするわけにいかなかった女たちのことよ。マデレーヌ・スミスだって、メイバンク夫人だって、みんな無事な一生をおわったじゃありませんか！」

「メイブリックですよ。だが、あの事件とこれといっしょにはならない」

「そんなこと、どっちでもよいことだわ」

「要するに、ぼくには助言なんて、おぼつかないといいたいのですよ、ヘレン」

弁護士は手を青っぽい小さな蝶ネクタイに持っていった。死んだ蝶が、かたいカラにとまっているような恰好だった。

「とにかく、アレックは死んだ。殺されたんです。これは、相当問題ですよ」

「ティモシイ！」

いきなり彼女は、煙草を手にしたまま、かれのそばにすりよった。男はどぎまぎして、あわてたように、身を避けた。急に女が間近に迫ったので、つよいその香料に、息がつまるように感じたのだ。

「あなたはアレックのいちばんの親友でしょう。あのひとのことを、ほんとうに考えていてくださるのなら、あとに残されたその妻も、助けてくださるのがほんとうじゃなくて？」

「ぼくがアレックと気があっていたのは事実です」ため息といっしょに、かれはいった。

「だが、いまさらこんなことをいいだしても、なんにもならないかもしれませんね。この書斎で、よく燃える煖炉を前にして、ブランディのグラスをあけながら、ふるい犯罪を語りあうのは、たしかに楽しい夕べでしたよ。それはあなただっておわかりのことと思います。あなたはそばで、編みものの手を動かしながら、聞きいっていましたものね」

「憶えていますわ。よく憶えていますわ」そういう彼女の言葉には、どこか残忍なひびきがうかがわれた。「でも、今は昔のことなんかいっている場合じゃないと思いますわ」彼女はチャンセルの手に、タンブラーをおしつけるようにして、「飲んでおしまいなさい。きれいにおあけになるのよ」

彼女はたしかに、魅力ある女性だった。四十を出たばかりで、夫とその親友チャンセルより、二十は年下であった。それでいて、かれらを見るときは、子供を眺めるような眼付きを隠さなかった。

弁護士が、グラスを飲みほす様子をわきからじっと見まもっていた。口やかましい看護婦といった顔付きだった。彼女は、アレックを現実世界にひきもどさなければならなくなったときは、いつもこの奥の手を使うのだった。

しかし、かれはいった。

「残念ながら、ぼくにはわからない。しかし、ヘレン、いったいあなたは、ぼくにどうしろというんです?」

彼女は、呼吸をとめて、拳を握りしめた。男とのあいだのクッションを、つよい力でたたいてみせた。

「わたしをこの不愉快な問題から、はやく解放してもらいたいんです。その方法をあなたに考えていただきたかったの。そして、考えついたら、すぐに実行していただきたいの!」

興奮するにつれて、寝間着の襟が、みだらに乱れて、チャンセルの眼を、強引に捕えた。男はやむを得ず、指で額をこすっていた。

「あなたとアレックは、犯罪の専門家でしたわね。むやみに大声をはりあげるだけの、赤ら顔の刑事弁護士なんかより、ずっとくわしい知識をお持ちのはずですわ」

「ぼくたちのは趣味なんです」弁護士は答えた。「時間つぶしの道楽なんです。ただそれだけのことですよ」

額が汗ばんできたのを、彼は自分でも感じていた。彼女のガウンについて、注意してやろうと思ったものの、適当な言葉が思いつかなかった。強いていえば、襟もとをつくろいなさいだが、それもこの際、場にそぐわないように思われた。

「そうですわね。書斎へいったほうがよいように思われますわ」彼女はいった。「アレックはいつも、あそこがいちばん考えがまとまるといっていましたわ」

「それがよいでしょう」

言葉といっしょに、かれは立ちあがって、彼女に手を貸した。

「お酒の罎を持っていらしてね」

と彼女はいった。チャンセルを、現実ととっ組ませるものは、酒だけにはかぎらぬことを、彼女は知らぬように思われた。

書斎の一方の壁は、アレックの専攻書がならんでいた。煖炉をはさんでそれにむかいあった壁は、かれの情熱的ともいえる趣味の棚であった。

「これだけのものはありませんよ」チャンセルはさっそくいった。

「この蔵書目録が発見されたら、世間は驚くにきまっています。エドモンド・ピアソン（著名な犯罪実話作家）の蒐集でも、これにはとうていかなわぬと思われます」

かれは、手に触れるままに、何冊かひきだしてみた。煖炉の前に肘かけ椅子がふたつ並んでいた。ヘレンはかれを、そのひとつにかけさせ、自分はもうひとつの椅子にかけた。いつもアレックがかけていたものだ。彼女もまた、その椅子には慣れていた。ひる間はアレックが大学の講義に出ているので、その留守には、この椅子によくかけたものだ。

豪華すぎるくらいの革椅子におさまったので、チャンセルはかえって、自分がたよりない存在に思われてきた。手をぎゅっと握りしめると、この部屋へ移って、はじめて落着けたような気持になった。

「ヘレン、さきに断っておきますが、ぼくはあなたが考えているように、それほど単純な人間ではありませんぞ。ぼくの援助が欲しいといわれるが、むろんそれが、正当な目的のためでないことはわかっている。不穏当な行為の結果を、ぼくの援助で隠してしまおうとするのですね」

彼女はうなずいて、むしろさきの言葉を促すかのように微笑してみせた。

「つまりは、ぼくに、事後従犯になれといわれるわけなんだが、友情というものには、そこまでの義務があるものでしょうかね」かれは彼女の顔をうかがって、「ヘレン、あなたはそこまで、考えていたのでしょうか？」

「で、――」

と彼女は、いいよどんで、人さし指を、椅子の腕にそってずらせながら、「あのひと、自殺したといったら、どうなんでしょう？」

「それには、あなたがすこしやりすぎた。自殺するには、心臓へ一発射ちこめば充分なんです。二発は多すぎましたよ」

「確実にしておきたかったのよ」口惜しそうに、彼女は小声でつぶやいた。

「確実にはなったが、あなた自身の立場はくるしくなった」

彼女は頭をふっていた。

「ごく大ざっぱにいいますと、もしあなたが、本当に裁判を避けたいと思うのでしたら、ふたつだけ方法がのこされています。そのアウトラインを説明しましょうか。ひとつは犯罪の結果そのものを隠蔽してしまうこと。もうひとつは、事件は事件として、あなたには責任がないと捜査官に思わせること。そのふたつです」

「どちらもむずかしいんですか？」

「どの道を選んだところで気が狂うくらいの困難が、際限もなくつづくと覚悟しなければなりますまい。第一の方法から可能性を検討してみましょう。まず最初、死体を隠匿する必要があります。それにつづいて、その後アレックが姿を見せなくなった理由をふだんの交際範囲の人間に、納得させなければならんでしょう」

「それが、こうした場合、とらねばならぬ方法なんでしょうね」

くる夜もくる夜も、自分一人きりで送らなければならなかったことを、いまさらながら彼女は想いだした。

「しかもこれは成功する見込みのうすい方法です」

そういって彼は、彼女の言葉に、きちょうめんすぎるくらいの訂正をくわえた。……二人ともそっくりおなじように似ているわ。わたしこれでいままでにもさんざんアレックから苦しめられたものだわ。きっとこうした性格は、司法官あがりというこのひとたちの経歴に由来するものなんだわ……

「絶対確実な方法は、仮定的にも考えられるものではありません」

弁護士は指を数インチひろげてみた。またそれをもとのようにあわせてからいった。

「死体を隠匿するにしても、人眼を避けて、エレヴェーターから階下まで運びおろすことはできましょうが、その先が問題です。ぼくたちは車を持っていませんから、それからどうしてよいか方法もないことになるのです」

「死体、死体とおっしゃらないで。あれはアレックなんですから」

「その点はなお議論の余地がありますが、まあ、それはそれとして、まずぼくに考えつく方法というと、アレックを切断して運搬したらどうかと思うんですが――」

「まあ、ティモシイ！」

彼女はおどろいて叫んだ。

「この方法でしたら、ぼくもいくらか、研究してないこともないんで――」

「そんなこと、聞きたくありませんわ」

「ぼくだって話したくはありませんよ」かれは実際身ぶるいしていた。「たしかに、考えただけでも、胸がむかつきますね。それにまた、ニューヨークのアパートには、穴蔵といったものがないのも都合がわるい。それもおそらくクリッペン事件の影響でしょうな」

「このアパートに部屋を持っていますものは、それぞれ地下室に物置みたいなものを割当てられているんですが、そこに入るにも、管理人から鍵を借りる必要がありますの」

「ははあ。ではそれも、利用できそうもありませんな」

かれの指がつくっていたアーチは、とたんにバタバタと崩れてしまった。

「では、とりあえず、問題をつぎに移します。社会的な地位を持ち、幸福な結婚生活を送っていた男が、なにが故に、突然姿を消したか、その理由を、だれにも納得いくように説明しなければなりません」

「あら、そんなことまで必要ですの？」

「だれかが、いつあなた方夫妻を、晩餐に招待しないものでもない」

「いままでだって、晩餐の招待には、一度も応じたことがありませんわ」

「なにも晩餐にかぎりませんよ。なにかのことで、その点が問題になるにきまっている。あと始末は、実際的でなければいけません。いうまでもありませんが、アレックは世間的な仕事を持っていた。古代英語の教授として、世間に知られているかれが失踪して、そのままですむはずはない。まず大学の同僚が騒ぎだすと思うが、それまでにあるいは、かなりの時間が経過することも考えられますが、無制限に発見がおくれるとはいえません。あなたは、そういってはなんですが、軽そつなところがないこともない。こんどの場合がやはりそれで、あとの問題を考えたら、アレックを射殺するような気にならなかったと思いますね」

「いいえ、そんなことはありませんわ。なんであろうと、今夜のわたしをとめることはできませんでしたわ」

その剣幕のはげしさに、思わずチャンセルは、痩せたからだをうしろにずらせた。

「ヘレン、あなたはいつも、善良な細君でした。すくなくともぼくが見た眼にはね。偏くつな男が二人、このかびくさい書斎で、いつまでもいつまでも、血なまぐさい話に夢中になっている。たいていの若い婦人だったら我慢なんかしていられるものではないのだが、あなたはよく辛抱なさった。むろん肚ではじりじりしておられたにちがいないと思うが――」

彼女は坐りなおして、いっそうからだを前へ乗りだすようにした。いつもはやさしく、大きく鳶色に光っている眼が、射すようにするどく、かれを見た。

「この書斎が、わたしどものところで、河を見渡せるたったひとつの部屋だということをご存じでしょう。それにまた、十五年という長いあいだ、アレックが、その眺望を隠してきたことも――」

爪が赤く光っているほっそりした指さきで、彼女は窓をさして言った。それは事実だった。かれがこのアパートへ出入りするようになってから、一度だって垂れ布があげてあったのを見たことがない。布は厚手で色感もにぶく冴えないが、わりに感じよく見られるものだった。

「眺望のよいのはこの部屋だけなのです。わたしの窓からでしたら、なにが見えるとお思いになる？　バスキン夫人の家なんですわ。あれは療養所でしてね、あれを見るくらいなら——」

「それに書物も色あせるし——」かれも同調していった。

「女だって色があせますわ。わたしをごらんになるといいわ」

彼女はわざと芝居がかっていって、まるまるしたゆたかな腰の線に沿って、両手をしずかに下ろしていった。だが、それもつかのまで、すぐにまた、いつもチャンセルが見つけている女性にもどり、とってつけたようなしとやかさで、その手をひざの上においた。

そうした彼女に、つい視線がむかうのを避けるように、かれはグラスに酒を注いでいた。自分の胸に湧きあがる考えを知ると、われながらそのことの性質に驚かされるのだ。おそらくは、その秘密を、この潑溂とした女性の新鮮な眼の前には、隠しおおせるものではなかろう。

あわてて、かれはいった。

「こんなことになる前に、ぼくに相談してくだされればよかったんですが——」

　といいながら、その言葉の意味を、いまさらながら感じとって、また口をつぐんでしまった。

「いいえ、ティモシイ。わたしは夫婦間の問題を、よその方と相談するものとは思っていませんでした」

「ヘレン」かれは非難するようにいった。「ぼくを他人あつかいすることはないでしょう。すくなくとも、こうした問題が起きたいまとなってはね。げんにここには、だれもほかにいないじゃありませんか」

「それもそうね」

　彼女はいって、男のひざに手をついた。ほんのすこしの間で、すぐにのけはしたが——

　と、男は、考えかけていたことに結論をつけるようにいった。

「もしかりに、殺す相手が糖尿病の場合だったら、一度かれとぼくとのあいだで、絶対間違いなしに逃がれられる方法を研究したことがあるんだが——」

「ティモシイ」彼女は笑いだすような表情になっていった。

「あなたって、ずいぶん完全論者なのね。絶対間違いなしだなんて、そんなにまで考えなくたって、なんとかごまかせると思いますわ」

かれはグラスをおいた。そのときまた彼女のドレッシング・ガウンが、しどけなくずり落ちそうなのに気がついた。まるでガウンの乱れが、彼女の感情のバロメーターのように見えた。

「おわかりでしょう？　ねえ？」さすがに彼女は、わざとあいまいないい方をしていた。「一年か二年、特別の施設内で暮らさなければならないのもいやですし、その後一生、レストランなんかへいくたびにうしろ指をさされるかと思うと、たまらない気持になりますわ」

「ではそれも考えものですな」

かれは手で光線をさえぎりながらいった。

ヘレンは、鏡を表面にはったコーヒー・テーブルに、からだをぐっと乗りだすようにして、頭髪をつくろいはじめた。夜は髪をほどいてやすむ習慣だったので、アレックを射つ寸前にすっかりほどいてあったのだ。ゆたかな髪が、色の濃い波を打って、肩の上までおおっていた。彼女はそれをたくしあげている。今後、新しい生活を踏みだすには、どういう結び方にしたらよいものかと、あれやこれや迷っているようすだった。

最後にかれは頭をあげていった。

「アレックは、強盗に殺されたとしたらどうかな？」

ヘレンは、髪をいじっている手をとめた。このひとも、アレックとおなじで、思考がおそろしく飛躍するわ。まるで突拍子もないことをいいだすんだわ……

「非常梯子はどこにあります？」彼はたずねた。

「ここですわ。このビルディングは、河沿いの道に面した窓には、全部バルコニィがついていますの。そこから非常梯子で降りるようになっていますわ。お目にかけましょうか」

と女は、腰をあげかけて、「ひろくて、りっぱなバルコニィですわ」

かれは眼をとじたままだった。そのうちに、小さなその左靴が、絨氈の上に拍子をとりだした。衣ずれの音が聞えたので、眼をあけてみると、彼女が窓かけのひもに手をかけているところだった。

「ああ、そこはあけないほうがいい」かれは、するどくいった。「あと数分——考えがまとまるまで、そのままにしておいてください」かれはまた眼をとじて、足ぶみをつづけた。ヘレンは、腰に手をあてたまま、だまってそのようすを眺めていた。

「ブラインドがおりていたら、外からのぞいたところで、部屋のなかは暗くて見えないでしょう。バルコニイからだって見えませんよ。で、こういうことにしたらどうです。

強盗は非常梯子を登ってきて、電灯の灯が洩れていない室をねらった。そして、この部屋が、鍵のかかっていない最初の窓だった」

「でも、ここはいつだって、鍵をかけてありますのよ」

そこでかれは眼をあけて、ちょっと首をふった。かれが測りかねたのは、彼女のこころの深淵のほうではなくて、浅瀬と思われるところだった。そこで、かれはこういった。

「寝室へいってみましょう」

寝室にはいると、いきなりヘレンの注意は、衣裳戸棚にはめこまれた長い鏡にひかれてしまった。その前に立って、彼女は髪を、片手に握りしめては、しきりにからだを揺すっている。

チャンセルはいった。

「強盗が窓かけをひく。電灯はともっているが、だれもみかけないようすだったので、室内へすべりこんだ。ところが思いがけなく、アレックが眼前に立っていた。狼狽した強盗はピストルを放った——としたらどうかな」

彼女は化粧テーブルに手をのばして、濃い琥珀色のヘアピンをとりあげた。

「そうよ。そんな場合は、射つにきまっているわ。ティモシイ、わたし、なんだか、ほんとに強盗が入ったような気がしてきたわ。ひどいやつね。わたしのアレックを射ち殺すなんて！」

「あなたはぐっすり眠っていた。銃声を聞いて書斎へ駆けつけた」

「そのとおりだわ」女は、ヘアピンを、歯のあいだに、きつく咬みしめていた。

チャンセルはかぶせるようにいった。

「これはあなたの言葉としてしゃべっているのですよ。証言を求められたら、このとおり申したてなさい。そのときの準備工作ですよ。銃声を聞いて、書斎へ駆けつけた。いいですね。憶えられましょうね」

彼女は鏡にむかって、顔をしかめてみせた。それから、ヘアピンをほうりだすと、

「こまったわ、ティモシイ。あんたのおっしゃること、ひとつも頭にはいらないのよ」

かれはアレックのそばへひざまずいて、やっとの思いで、その重い肩を持ち上げた。

「これは運がよい。弾はふたつとも胸にとどまったままだ。そのせいか、血があまり流れていない」

「それで、大して不気味じゃないのね」

「実際、運がよかった」かれは急に事務的になった。「かれがこの部屋で殺されたという証拠は残っていないのだ」

「なら、大丈夫ね」女は急に鏡からふりむいて言った。「わたしにだって、そのくらい

のお芝居げはありますわよ」

「ヒステリックになってみせなくても、おろおろしたところは、やってのけられるといううんですね」

「心配なさらなくってよ、ティモシイ。りっぱにやってのけられると思いますわ」

「しかし、ヘレン」とかれは、立ち上りながらいった。

「お断りしておきますが、ぼくはただ、こう証言することもできるといっておるんですよ。それだけのことで、こういえとはかならずしもいっていません」

「あら、そうでしたの」彼女はかすかに笑っていった。「気がつきませんでしたわ」

「ぼくはただ、こういう理論も成りたつと述べてみただけです。死刑に該当する犯罪に教唆者となったととられては困りますからね」

「いいのよ、ティモシイ。弁護士として相談相手にしてるわけじゃない？　あんたたって、そんなつもりでしゃべっているんじゃないでしょう。わたしを助けてくだされぱいいの、お友だちのあいだとしてね。仮定の上に立ってしゃべるんでも、なんでも、あんたの気がすみさえすればいいのよ」

「ぼくはただ、ここには二人しかいないにしても、言葉だけは慎重であらねばならぬと思ったのです」

彼の返事には、いつかいままでのするどさが消えていた。

「まあ、おどろいた！」

女は叫んだ。そして、鏡からつつと離れて、ガウンの裾を蹴って歩きだした。足くびがチラチラとのぞいて、これもまた、チャンセルの眼をひきつける光景だった。

彼はため息とともにいった。

「では、アレックのからだを移しましょうか」

二人がかりでも、アレックのからだは重かった。で、二人してその足を持って、書斎までひき摺っていった。

チャンセルは相当時間をかけて、アレックの死体を適当な位置に横たえさせた。それから、窓かけの前までさがって、アレックにピストルをさしむける恰好をした。つぎにまた死体のそばまでもどって、足や手の位置に念の入った修正をくわえた。もしもヘレンが黙っていたら、朝までそれを、くり返していたかもしれない。

彼女はいった。

「あんたって、たいした頭ね。わたしが髪をいじっている間に、これだけのことを考えてしまったのね」

「なあに、考えるほどのことではありませんよ。しかも、さいわいこれには、すばらしい長所があるんです。この考えを否定するきめ手はないんですからね」

こんな単純な証言ができぬわけはないんだが、なにぶんこの女では、くり返して教えたところ、どんなつじつまのあわぬことをしゃべりださぬものでもない。

女はいった。

「これでもういいんですの？」

返事の代わりに、彼はいった。

「あんたのうしろ、その絨氈をごらんなさい」

かるい叫び声をあげて、彼女はふり返った。そして、とまどったようにいった。

「なんなの？　わたしにはわからないわ」

「けば立っているでしょう。アレックをひきずってきた痕がわかりますよ」

「心配なんかいらないわ、真空掃除機を持ってきますわ」

「でもだめですね。痕だけは残りますよ」

「ティモシイ」と彼女はいった。「あんたって、たしかに悪人に生まれついているわ。アレックなんかより本物ですわ」

しかし、彼女はしゃがみこんで、手でけば立ちを撫ではじめた。寝室に背中をむけて、少しずつあとずさりしながら、直していった。

チャンセルはそのそばへ歩みよって、レヴォルヴァーをひろいあげた。眉をひそめて、輪胴をのぞきこむと、弾がふたつ欠けていた。シリンダーをもとになおして、上衣のボタンをはずし、ウエストバンドにレヴォルヴァーをおさめた。上衣が長目なので、すっかり隠すことができた。台じりがあばら骨にあたり、銃口が胃の腑にぶつかるので、不快な感じは避けられなかった。

このころヘレンは、匍いつくばったままの恰好で、寝室に到着していた。男を勇気づけるように、そこから彼女は声をかけた。

「あのひと、ピストルの携帯許可書は持っていないのよ」

「どうせこのレヴォルヴァーは隠してしまうんだから、どっちにしてもおなじことです」

「あら、そう。わたしはまた、なんでもあなたに知らせておいたほうがいいと思いましたの」

「そう、そう。弾薬函が出てくるとまずいな。どこにあります？」

彼女の説明をきいて机の引出しから弾薬函をとりだすと、これもかれは、上衣のポケットへしまいこんだ。

「こういう考えはどうかしら？」彼女は絨毯の仕事が一段落ついたのでいった。「わたしたち、ベッドにはいっていたんですけど、物音を聞いたので、アレックが起きて、調べにいって——そういったら、あのひとの死が、もっとヒロイックになりはしませんかしら？」

女は立ち上って、ガウンの裾をつくろいながら、もう一度きいた。

「え、どうでしょうか、この考え？」男が、彼女の姿をあきれたような顔で見つめているからだ。

「ぼくたちを信じさせるのだったら、それでよいかもしれないが、相手が警察官では、どういうことになりますかね。アレックはイヴニング姿なんですよ。ネクタイからネクタイピン、ガーターまでしておるのですからね」

「そうだったわね」

ちょっと考えて、彼女がいったときは、相手の姿は見えなかった。チャンセルは酒で喉をうるおしに、書斎へいってしまったのだ。

彼女もあとから入ってみると、男はそこのひじかけ椅子に坐りこんでいた。片手にグラス、片手は椅子の腕をたたきながら、まっ黒な鳥のような眼で、室内を見まわしているところだった。

彼女はそばの足かけ台に腰をおろして、一本調子の早口でしゃべりだした。

「じゃ、こういいますわ。銃声が聞こえたので、わたし、書斎へ駆けこんでみました——どう？　それでいいわね？」

最後の言葉を、なにか勝ち誇ったように彼女はいった。

「それでいい？」かれはぼんやりくり返した。

「そうよ、それでいいじゃない？」女はちょっと、すねたような顔をして、「女ってものは、こんな場合に、そう満足なことができるものじゃなくてよ」

「それにしても、あなたはやはり、この始末に最善をつくすべきですよ」

かれは渋い顔で、グラスの酒を飲みほした。

「それはそうね」彼女は頬づえをついていった。「ティモシイ、あなた、どうお思いになる？　わたし変わったかしら？」いいながら、男の顔をじっと見て、「それとも、前とおなじ人間に見えて？」

「ああ、ヘレン」かれは、手をのばして、女の顔を撫でながら、「人間てものは、人を殺し——いや、こんなことをしたぐらいで、そう変わって見えることはないんです。良心の呵責なんてものは、小説家なんて連中が、話の筋をおもしろくさせるために持ち出すもので——その呵責だって、あなたの場合は、まだあらわれてはいないようだが——

――」

「わたし、アレックに宗教心がつよくなかったので、助かりましたわ。お葬式なんかながながとやらされたのでは、たまりませんものね。わたし、こう考えていますのよ。古《カド》文《モン》書学協会のお友だちにお願いして、倫理教育講堂で追悼講演会をひらいていただいて、それでおしまいにするつもりですの」

「それは残念ですな。われわれは、アレックと、〈毒薬と手がかりクラブ〉のメンバーとして知りあっているんですからね。皮肉なことには、彼が最近、その例会で行った講演は、〈他人の興をそぐ強盗について――特に、エルウエル事件を中心として〉という演題でしたよ」

二人はまた黙りこんだ。それぞれがアレックについて、それぞれのイメイジを思い浮かべていた。そして、チャンセルはまた、こんなことを考えていた。自分には意外にもアレックに欠けていた、実際的な行動力がそなわっているのだ。そしてその能力は、以前からかれが、ヘレンの長所だと感じているところと相通じるものがあることは否めなかった。しかし、その夜飲んだブランディ、その夜はじめて経験した異常な興奮、眼と鼻のところにある濃い乱れ髪、ともすれば、ガウンがずり落ちて、白くまるくのぞくヘレン・グレンデルの胸――そうしたものの影響がかならずしもないとは、いいきれぬのであった。

　彼女はいった。

「アレックの遺言では、この蔵書はあなたに譲られることになっていますのよ。ご存じ？」

「知っていますとも」

「お売りになったら、かなりの金額になるそうですわ。あのひとが、いつも、そういっておりました」

「売るんですって？　とんでもない、ヘレン。お宅の蔵書は、この種のものでは、この国最高の蒐集ですよ。ことに、ユージン・アラムの処刑については、まずこれ以上網羅的なものはないといってよいでしょう」

「そう、ビラのたぐいまでありますものね」はじめてその貴重なことを知らされたように、彼女は眼を輝かしていった。

「でも、あなた、お置きになるところがおあり？」

「居間を第二書斎に改良します」

「これとおなじようにですか？」

　彼女は、顔をあげて、眼をずっと、棚から棚へと動かしていった。書斎は天井まで、隙間もなくつまっていた。

「だいたいはこんなものです。ですが、ぼくはこれで、好みがひどく古風だから、書棚にはガラス戸をつけますよ」

「ガラスの戸をおつけになるの？」

「そして、黒いかし材を使えば、荘重な気分がでますね。ぼくは落ちついた書斎にしたいですね」

そこで、かれは口をつぐんだ。ブランディの酔いで、これからさき、どんな言葉が飛びだしてくるものか、われながら見当がつかなかったからだ。そこで、つけくわえていった。

「もっともその好みも、場合によっては変更しないものでもありません。ぼくという人間には、そのくらいの気持の柔軟性はあるのです。ことに、新しい経験になりますときはね」

「わかりますわ」

彼女はいった。あごを手にのせ、ひじをひざにあずけたままで、彼女はかれを、じっと見つめていた。最後には彼女のほうがいった。「これで、準備完了ですの？　あとはなにをしたらよろしいかしら？」

「窓かけをどけて、窓のかぎをはずしなさい。そこからぼくが帰りますから、そのあとすぐに、警察へ電話して、事件が起きたことを知らせるんです」

「あら、あなた、帰っておしまいになるの？」彼女は立ち上って、眼を大きくみひらいた。「なぜ、ここにいてくださらないの？」

「考えてくださいよ、ヘレン。あなたはご主人が、射殺されているのを発見したのです。医者か警察へ知らせるならとにかく、弁護士にご用はないはずです」

「むかしからのお友だちとしても？」

「もちろんです」かれはきっぱりといった。「ですから、ぼくが教えた言葉を、しっかり憶えこんでもらわなければならんのです」

「アレックは警官がきらいでした。あなたは平気でお会いになるでしょうが」

「もちろん、ぼくはすすんで尋問に答えますよ」

「わたし、はじめはこう考えましたの。ソファに坐ったままで、なにもいわずに泣いてばかりいようかと――」

「それでもいいですね。まさか警官が、あなたの悲しみが本物かというところまで調べようとは思えませんからね」

「あなたがあのひとの名を口になさったときも、わたし、くちびるを咬みしめていましたけど、あれでよろしいのね」

「そう、そう。あれでいいんです。同情させることが肝心ですよ。いま話しあったことを忘れさえしなければ、道は自然とひらかれますよ。警察官なんて、信用させるのは、簡単なことですからね」

「となると、さっきいったようなことをしゃべらなけりゃいけませんのね」

「まあ、そうでしょうね」

かれは咳払いしていった。

「ブラインドをおろす前に、もうひとつ、しておかなければならぬことがある。こまかな配慮といえばいえますが」かれはちょっといいよどんだ。いろいろな表現を、胸のうちにくり返している様子だったが、「銃声がとどろいたとき、あなたは睡っていたんですよ。ところが、ベッドはまだ――睡った痕がついていない」

「ああ」と彼女はいった。「ではあなたは、その痕をつくれとおっしゃるの？」

彼女は立ちあがった。かれの上にかがみこむと、その骨ばった小さな頭を両手できつくかかえこんだ。チャンセルはこれほど驚いたことはなかった。彼女はかれよりも、上背があった。その彼女が、長い足をひろげて立って、大きな眼を、すぐ眼の前へ近づけてきた。そして、す早く、だが、ピタリと、かれの口の上に、くちびるをおしあてた。

かれはちょっと息をきらして、よろめくように立ち上った。そのときはもう、女はかれに背中をむけていた。かれが、くちびるについた口紅を拭いとっているあいだに、寝室のドアがしまる音がした。

寝室へ入ると、彼女はスリッパを蹴飛ばすようにぬいで、ベッドに横になった。チャンセルの指示にしたがって、さかんに寝返りをうちだした。が、そうしているうちに、彼女はなにか愉快な思いがこみあげてきた。いつもやるように、手足をしどけなく伸ばしたくなった。縞馬の毛皮の上に、からだを投げだしている女優の写真があった。それを見てからというもの、彼女はいつも、その恰好を真似たくてしかたがなかった。そして、ともすれば、あばれすぎるかたちになるので、レコードをこわすじゃないかと、アレックからたしなめられるのだった。

ティモシイ・チャンセルの腹の中を想像すると、思わず笑いがこみあげてくるのだった。かれの声の調子を真似るだけでも、笑いがこみあげてきて、とまらなくなってしまう。それをおさえるためには、ハンカチをかみしめなければならなかった。笑いをまぎらそうと、手をのばして、夜卓の上の品物を、手あたりしだいにいじってみた。

一方、チャンセルは、女がもどってくるのを待ちわびていた。書斎を歩きまわっていたが、そのうちに、手に触れる道具類をひろいあげたり、おきなおしてみたりしていた。復活祭の飾りの卵をいじっているような恰好であった。

それにも飽きると、かれは書棚の前に立ってみた。満足げな視線が天井までとどく書籍の列を甞いまわった。この広範な蔵書が、法律上の遺贈の手続きさえすめば、かれの所有に帰することになる。自分の蒐集とダブッているものも相当にある。たとえば、イギリス著名裁判記録や、ピアーソンの著作類がそれだ。そうしたものが眼に触れると、どんらんなかれは、眉をひそめた。しかし、初期のラフヘッド（ウィリアム・ラフヘッド、犯罪研究家、犯罪実話の著書が多い）のもの——むろんそれは絶版本だが——などに出会うと、思わずそこに手がいって、愛撫するみたいに触ってみたりしている。製本をしたパンフレット類の棚では、目まいがするくらいのよろこびを感じた。

もともとアレックの蔵書の内容は、かれとしてもよく知っているところなんだが、それをさらにあらためてみるには、なお数カ月の日時を要することであろう。そしてその数カ月は、かれにとって無上の楽しみであることは、いうまでもないことだ。惜しむらくは、その歓びを頒《わ》けあたえる友アレックがいないことだ……

かびくさい書物の、古雅なにおいに包まれながら、かれはヘレン・グレンデルの耳のうしろから、黒髪の渦のあいだを縫って、香料が流れてくるのを感じた。そしてそれが、書物以上に、かれをひきつけているのに気がついていた。

そこでまた、かれは書棚の前を離れて、室内を歩きはじめた。絨氈の痕をもう一度あらため、死骸の位置に最後の修正をくわえた。それから、ゆっくりした足どりで、ドアへ近より、電灯のスイッチに手をかけた。念のために、そのままの姿勢でふりかえって、黒い生き生きした眼を、一応室内に走らせてみて、その上で灯火を消した。急に暗闇になってみると、飲みつづけていたブランディの酔いが、予想以上に発しているのに気がついた。気分は浮き浮きしているが、頭と足は、ひどくふらつくようだ。

かれは暗闇の部屋を、窓へむかって横切りだしたが、われながら足がふらつくので、ヘレンのもどりを待ったほうがよさそうだと思わぬわけにはいかなかった。死骸の位置は、はっきりイメイジに残しておいたつもりだが、ブランディの酔いが邪魔して、足までイメイジがとどかぬ様子で、わざわざそちらのほうへよろけていくようだ。やっとの思いで、窓ぎわまで達してみると、手はいきなり、ただむやみに窓かけの複雑なひだをかきのけようと焦りだした。

それでも最後に、もつれたコードをさぐりあてて、窓かけをひくことができた。つぎはカーテンをあげる。これはアレックがいつも窓かけの背後に下ろしたままにしておいたものだ。それがすむと、ヴェネチアン・ブラインド。これもやはり、アレックは一度もあげたことがない。この三つの過程がおわって、はじめて窓をあけることになるんだが、これはまたこれで、錠が錆びついていて、なみたいていの努力ではあけられない。

その作業のあいだ、かれは、窓下の往来と、そのさきにある公園とに、種々雑多な群衆の姿を想像していた。まず第一に警官、ついで若い恋人たちから追いはぎ、不眠症患者なんてものまで、網膜の上に浮かんでいた。その一人一人がストップ・ウオッチを手に、この部屋を見上げている……

窓をひらくまでの時間は、実際には数分といったところだろうが、かれのひたいは汗が玉になっていた。黒い上衣も皺だらけの状態だった——窓の外をのぞくまえに、かれは、一時手をやすめて、アレックのレヴォルヴァーを触ってみた。

まっすぐ眼の下には、街灯の灯が、人通りの途絶えた舗道を照らしだしていた。ひろい道路のむこうに、小さな公園が見える。それからさきは、灯がとどくこともなく、闇の底に沈んでいた。闇のさきは河だ。そこにはまた、人目を驚かすに足る大ネオンサインが、バタいためピーナッツの宣伝を告げていた。その光で、河の水は明るく浮かびあがっている。輝くネオンの光は、はるか沙漠のかなたに落ちる夕陽のように、おそろしく遠方の感じにもなるが、つぎの瞬間には、まるでパリセイズ（ハドソン河下流西岸に沿う地域、一部は公園になっている）の岩壁を飾る砂糖つけのシトロンかマリスキノ酒を見るかのように、すぐ眼と鼻のところに映ったりする。宇宙のつりあいが、こうも突拍子なく変化するのは、チャンセルにとってははじめての経験だった。かれは手の甲で両眼をこすって、望遠鏡でものぞきこむような眼付きをした。

突然、ドアのあたりで、ヘレン・グレンデルの声がした。

「暗くて、なにも見えないでしょう？」

「静かですな」とかれは答えた。「人通りはぜんぜんありませんよ」

部屋がまっ暗なので、彼女は横切ってくるのをこわがっているのではないか、そう想像して、かれは言った。

「河だけはよく見えます」

「ああ、そう。で、見えないものがあるでしょう？」

見えないものがある？　なにをいいだしたのか――かれは自分にきいてみた。

「車は一台も通っていません」

「もっと近くでは？」

彼女はくすくす笑っていた。かれは聞かなかったが、さっき寝室で笑ったのとおなじ笑いだった。

「通行人も見えない。道路には、ひとけはまったくないんです」

そのとき、思いもよらぬ予感が、無言のうちに、かれの胸を横切った。

「もっとそばよ」彼女はつづけていった。「もっと、ずっとそばに眼をやって。見えないものがあるでしょう?」

うながされて、かれははじめて発見した。なるほどなかった。さんざん問題にしていたくせに、肝心のものがないのだった。——もっともそれは、書斎の中ではない、重い窓かけの外だ。下ろされたブラインドと、鍵のかかった窓の外だ。

そして、彼女の言葉どおり、ずっと近くだった。

「バルコニイがない!」

バルコニイどころか、出っ張りらしいものさえなかった。むろん、非常梯子だってないのだった。

「だから」とヘレンは言った。「もうこれ以上、することはなくなったわけね」

おそろしく事務的な口調だった。チャンセルとしては、河から吹き上げる風にもまして、身をきるくらい冷たく感じられた。

「うまくいったようだわね」

実際うまくいった。ちょうどそのとき、アパートの前に、グリーンと白のパトロール・カーが到着した。彼女が寝室の電話で呼んだのだった。チャンセルが見ていると、豆粒のような警官が二人、車から飛び降りて、建物のなかへ駆けこんでいった。

かれらに逮捕されるまで、かれは窓のへりから動かなかった。兇器をとりあげられたあとで、かれはいった。その夜、三度目の言葉だった。

「これはどうも、驚いたことだ」

玉を懐いて罪あり

The Fine Italian Hand

太公からの使臣は、モンターニョ伯に導かれて回廊をすすんだ。石だたみの上に足音が高く響いた。長大な伯の偉軀と並ぶと、使臣は我ながら、おのれの非力な姿が恥ずかしかった。こうした城郭には、何としても相応しい存在とはいえなかった。猫背に痩せた肩を長衣に包んでいるが、宮廷に用いるこの深紅の衣裳も、曾《かつ》ての鮮やかな色彩を失っている。高い顴骨に貧相な顎。その間に張った皮膚までが、奇妙なくらい土気色に澱んでいる。

回廊は凍てついて、北イタリアの朔風が肌を刺した。二人の前には、松明の火を揺らめかせて、従者の列がつづいている。

太公の使臣は、今さらのように、モンターニョ伯を見た。北方の狼、傭兵隊長《コンドッティエーレ》（中世における封建諸侯の軍隊が解体して、近世の国民軍が発生するまでは、傭兵が戦闘に従事した。その隊長をコンドッティエーレと呼び、戦場における指揮者として優秀なるを以って足らず、強力な軍隊を保持するために、財政にも熟練した技術を必要とした。出身階級は、封建諸侯や都市貴族のほか、一介の貧民から出た者も多い）の雄。使臣はすでにフランス王（ルイ十二世。従兄シャルル八世のあとを継ぎ、しばしばイタリアに遠征する）の冷ややかな眸を知っていた。ハプスブルグ家（いうまでもなくドイツを指す）の重々しい跫音を聞いていた。しかし、それらに感じた畏怖の念も、モンターニョ伯を前にして受ける怖ろしさには比ぶべくもないのだ。強いてこれに匹敵するものを探せば、彼が現在、臣事するかたちになったヴァレンティーノ公チェザーレ・ボルジア（法王アレクサンデル六世の次子、父とともに法王庁の権力拡張に狂奔し、その学識、雄弁と、残酷な手段を以て、その意図を着々と実行に移し、一時は全イタリアを恐怖の底に陥れた。後年、失敗してスペインにとらわれ、逃れてナヴァルに戦死した）に初めて謁見したときの印象であろうか。

従者のかざす松明の焔が、通り抜ける風にゆらぐたびに、伯の精悍な長軀が、そしてその、綽名どおり狼を思わせる青白い焔が、絶えず影を動かしては明滅している。足を運びながらも、使臣は故郷の町の静寂な書斎に思いを馳せていた。仔牛の書物の手触りが懐しい。学徒としての生活を離れて幾月になるか。リヴィウス（ティトゥス・リヴィウス、ローマの史家。起原より西紀前九年に至るローマ史一四二巻を著し、うち三十五巻を残す）の註解に、ふたたび筆をもどせるのはいつのことであろうか。

一日として戦火のおさまらぬ十五世紀（原文十四世紀とあるも誤り）のイタリアにあって、戦乱に煩わされず学事に研鑽できるほど願わしいことはない。それを充分承知しながら、（太公の使臣はそこで眉をひそめた）北方の狼と中京の獅子（チェザーレ・ボルジアの異名）とのあいだを往復して、折衝を繰りかえさねばならなくなったその身の運命をかこつのであった。

　突然、隣りを歩む伯が、しわがれた声で話しかけた。案外に品のない、兵士あがりをまる出しにした口調だった。

「厄介な事件が起きたものじゃ。これはひとり、ボルジア家のみの問題ではない。わしにしたところ、そしてまた、わしの部下たちにしてもだ。この盗難ひとつのために、運命が左右されぬとも計りがたい。つねづねフランスは、アルプスの彼方から機会を狙っておる。絶えず爪を磨いて、法王庁に四の五のいわせぬ口実を待ち受けておるのじゃ。――その折も折、この事件だ。イタリア侵略には、絶好のチャンスではないか」

「フランス王陛下に――」

　と使臣がいった。おなじようにしわがれた声だが、傭兵隊長が戦場で痛めたのとは異り、数百巻の書籍の埃を吸い込んだからなのだ。

「――書状を呈したらいかがでしょう？　盗難の事情を明らかにして、陳謝の意をあらわせば、御理解下さらぬものでもないと心得ますが」

　伯は振り向いて、松明の火に、使臣の痩軀を見下ろした。

「きみの主君とこのわしが同盟を結び、いまやこのイタリアも、全土統一の寸前まで漕ぎつけた。われらの武力、われらの智略は、長くイタリアの地に、名誉ある伝説となって残ることができるのだ。それにはなお、フランス王の後援を必要とする。なればこそ、ボルジア家は、家宝ともいうべき名玉を、フランス王に献上する肚を決められたのだが、その受取りの使者の面前で、わしの部下の兵士、家宰の輩が、その大切な秘宝を盗み去ったなどと、このわしの口からいえると思うのか」

「正直が最善の道と心得ます」太公の使臣は応えた。「率直に包み隠さず報告なさるべきです。過ちを告げるのに、惧れることはありませぬ。率直は強者の徳、弱者の標しではございませぬ」

語りながら二人は、饗宴の間にはいっていった。四方の壁に、蠟燭が、華やかな火を掲げている。炎がしきりに瞬いては、石甃と厚樫の大テーブルを照らしていた。

「聞いたことのある文句だ。習字帖に載っておる金言ではないのか」

そういうモンターニョ伯の声は、低い丸天井に谺した。そして伯は、使臣の眼前に隆々たる腕を突き出して、

「しかし、きみ。イタリアを支配するのはこの力だぞ」

太公の使臣は、言い訳めかした微笑とともに答えた。

「習字帖の金言にも、学ぶべきものが数多くあります。たとえば、閣下。リヴィウスを

読まれましたか？　あれこそ、われわれの範とすべき賢人でありますぞ」

しかし、モンターニョ伯は、厳った肩を聳やかして、傲然たる表情をみせた。

「昨夜わしは、客を迎えて、酒宴を張った。場所はこの大広間、客はヴィールフランシュ侯。ボルジア家の秘宝受取りのために、フランス王から派遣された大使じゃ。わしと部下の将士は、盟邦フランスのために、杯をあげ、万歳を唱えた。酒宴を終えて、わしは侯と連れ立ち、階段を降って、宝物室に赴いた。ボルジア家よりの預りの品を収め、警固の兵を見張りに当らせておる穴倉なのじゃ」

「そのときはまだ、ヴィールフランシュ侯は宝を見ておられなかったのでしょうか？」

「いや、まだ日の高いうち、酒宴をはじめる前に御覧に入れてある」

そこで伯は、横目に太公の使臣を見やってつけ加えた。

「さすがはボルジア家。かほどの珍宝を、惜しげもなく献上せられると、侯も言葉をつくして賞でておられた。フランス王が、ボルジアどのの御志を嘉みせられることは疑いなしじゃ」

使臣は肩をゆすっていった。

「あるいは侯は、緑玉を鏤めた名宝を、かかる辺境の城砦に託した、ボルジア家の測り知れぬ富力のほどに驚嘆されたのかもしれませぬな」

皮肉な一撃に、その辺境の城主は苦笑を洩らして、

「そのときの模様は、きみも大方、承知のことであろう。われら二人が、宝物室に降り立ってみると、秘宝はすでに、影もなかった。警固の兵の、一人は殺害され、一人は傷つき倒れておった」

「警固の兵の、人数に不足がありましたかな」

「人数の不足を咎められるか、左様に咎めだてられるところをみると、きみは武人ではないようだな」

太公の使臣は、うすい唇をゆがめて、哂った。

「いかにもわたしは、文筆をもって仕える身です」

「そうであろう。きみが武人であれば、わしの立場が理解できるはず。このモンターニョ城には、わずか数百の手兵しか残しておらぬ。その余の兵士は、あげて領内各地に奔走しつつある。来春ともなれば、フランス軍が侵寇してくることは必至じゃ。それに備えて、将兵は糧秣の徴発に、昼も夜もない。それほどまでに、この北辺は貧しい土地じゃ。ただ遺憾なのは、わが盟邦、つまりはきみの主君だな。ボルジア家はわれらに、恩を売ること、はなはだ寛大であらせられぬ。敵国には、これほどの名宝を贈る雅量を持

ち合わせておられるにな」

太公の使臣は、青く静脈の浮いた痩せた手を、長衣の袖に差入れるようにして、「友人と贈り贈られるものは性が知れております。敵は未知のものを懐いて、真相を見せませぬ。そこに、媚びへつらう必要も生じることになります。ところで閣下、警固の兵の模様は？」

辺境の武人は、当惑の表情を露骨に示した。いかに貧寒な一匹夫とみえても、この度の事件調査のために、わざわざボルジア家が差し向けた使臣とあっては、無下にあしらうわけにはいくまい。

「そこへこの、フランスからの特使じゃ。ヴィールフランシュに、兵備の乏しいところを見極められてはならぬ。わしの身辺にも、また刎ね橋の守備にも、ヴィールフランシュに侮られぬだけの人数をおかねばならぬ。堅固な護りを見せて、敵を欺かねばならぬ。厨房の小姓どもにも、具足を着けいと命じたほどであった」

「抜かりないお手配でした」と太公の使臣は称えて、「ただし、もし閣下が、盗難を予期せられたとあれば、抜かりなさを叡智にまで高められるべきであったといえましょう」

「わしは商売にあらず、使臣の類いでない。無躾けをかまわずいわせてもらえば、諂諛《てんゆ》を旨とする廷臣の輩と異る。わしでよくするところはただひとつ、そのひとつだけに詳しいのだ。いかにして闘うべきか、剣を手に、戦闘の野に立ったとき――」

その言葉を、太公の使臣がさえぎった。

「閣下の御武勇は、全イタリア尊崇の的です。しかし、わたくしがこの地に派遣されましたは、緑玉紛失のため――閣下の御武勇のほどは、わが主君御自身から、つぶさに承っておりまする」

「事実、武勇の男といわれたか？」

「まことに」

太公の使臣は、狼と綽名される武将の、厳つい顔を見上げていた。書物以外の世界における折衝に、いかにおのれが不適任であるかと、いまさらながら彼は感じさせられた。身慄いをおぼえて、思わず長衣をかきあわせた。

北辺の城主は言葉をつづけた。

「それにしても、わしはあれで安心しておった。あの要害の場所だからな。きみが見たにしても、安全と思うであろう」

彼は地下の石扉の前に立って、

「ここにわしは、衛兵を二人立てた。かりに二人とも打ち倒されたにしても、盗賊たちの逃れる先はあの大広間じゃ。そこには、わしがおる。ヴィールフランシュ侯もおられる。そして、わしの部下の将士たちが、集って酒宴をひらいておるのだ。どうじゃ、お分りであろうが？」

「いかにも」と使臣はうなずいた。

モンターニョ伯は扉をあけて、二人の兵に合図をした。兵は松明をかかげて、先に立った。城主がそのあと、最後に小心翼々と、太公の使臣が従った。モンターニョ城の聳え立つ丘陵を、地底ふかく刳り抜いてある。奈落の底は、天井も低く、窓ひとつ見ぬ窖《あなぐら》である。窓がなければ光線は這入らぬ。照明といっては、彼等が携えた松明の火だけである。

「これがその部屋だ」城主はいった。「出入口といっては、この階段のほかには、ひとつしかない」

「なるほど」と使臣はいった。

モンターニョ城主は、ふとい腕を伸ばして、第二の扉においた。石の壁に、石の扉が、目立たぬように嵌め込んであった。伯の腕が、それを押すと、目映ゆいばかりの陽光が、暗黒の室に流れ込んできた。太公の使臣は、そのそばに歩みよって、初めて伯の、最前の言葉の意味を理解した。

石扉の外は茫漠たる空間だった。空と太陽。眼下に、遮るものひとつない、一千フィートの断崖であった。

遙か南の方、数マイルの霧を隔てて、ボルジア家の館がある。残忍苛烈な彼の主君が、報告書の提出を待ちかねているのだ。使臣は身震いして痩せた喉に指をやった。指もまた、不安のためか、顫えていた。

モンターニョ伯は満足げに、暗い笑顔をみせていた。

「お分りかな、使臣どの。第一の扉からは、盗賊は逃亡しておらぬ。第二の扉によっては、逃亡が不可能なのじゃ」

「それでは、理に適いませぬ」

と、太公の使臣はいった。一千フィートの絶壁は、彼には眩暈の基だった。窓ぎわを離れて、傍らのひくい腰掛けに坐りこんだ。

「たしかに理に適わぬ――だが、盗難は生じたのじゃ」

「不可能なことです。ヴィールフランシュ侯も、あり得ぬことだと復命致されましょう」使臣は抑揚のない低い声でいった。「おそらく侯の報告書には、こうありましょう。緑玉はもともと、陛下に献上の意図などなかったものと考えられますと」

「なるほどな」モンターニョ伯は素直にうなずいた。「あの男のことだ、それくらいのことは申すであろう。しかもそれが、フランス王のもっとも望んでおった報告なのだ。これが好機だとな――だが、わしは知っておる。きみにしても信じてくれるだろう。事実はまさしく、盗まれたのじゃ！」

「では――」

と使臣は、キッとした顔をあげた。その表情に、伯は慄然とした。この貧相な使臣の顔に、狐の狡智が浮かんでみえたからだ。使臣はつづけていった。

「それは奇蹟でありましょうか？　緑玉は消え失せた。ボルジア家とフランス国とが聖母の御許に献じたのでしょうか？　われら人類より、一段と高貴な存在が、一刻、われらの識閾に入り込み、この捧げものを手にせられるや、直ちにまた天空に消え去ったというのでしょうか？　見届けられぬのは、われらの悲しむべき無学の咎、もしわれらが、それとおなじ存在であれば、なんの不思議もない事件かも知れませぬ。かつて聖タマスが、いみじくも奇蹟と名付けたものがいまわれらの世界に現出したのでありましょう」

恨めしげな眼で、使臣は笑いを洩らしていた。モンターニョ伯は、石扉を閉ざして、彼の傍らに、歩みよった。

それに、使臣はたずねた。

「で、モンターニョ伯。フランス王への申し開きは、神の所業にかこつけられてはいか

がでしょうか？　われらの神が、なににもましてこの貴い宝玉を希望せられた。されば
こそ、神はそれを、是が非でもと召しあげ給うた――とでも言い訳せられたら、あるい
はフランス王も諦められるのではありませぬか？」
「まさか」伯は断乎としていった。「愚かなことをいうものでない」
使臣はそれでも、悲しげにいった。
「とは存じますが――」
「君は愚か者じゃな」伯は使臣と並んで、石の腰掛けに腰を下ろした。「ボルジア家は、
愚人を使者に送ったのか」
「神のみまえにあっては、愚人はしばしば、賢者でありまする。イタリアは戦火の巷と
なり、飢餓と疫病に苦しめられ、いまはただ、奇蹟をねがうばかりでありますす。そこで
われらは、聖母に祈って、秘宝を献じたといえば――」
「戦場にあっては」とモンターニョ伯はいった。「奇蹟が生じる余地などあり得ぬのじ
ゃ。まあ、よい。盗賊がいずれの扉からも逃がれ得なかったとすれば、彼は逃れ去って
おらぬのだ！」
「したが、緑玉は――」
「緑玉は紛失した」伯はいった。「盗賊ではない。消え失せたのは緑玉じゃ。盗賊は入

口の扉からは立ち去っておらぬ。見張りの兵の眼は晦ますわけにはいかぬ。となれば、奥の壁の石扉が、ただひとつの道じゃ。奴等はあの窓から、綱を下ろしたにちがいない。綱は千フィートの長さ。その先端に宝石を結びつけ、山裾まで垂らしたとみてよかろう。下には仲間が、待ち受けて持ち去ったと考える」

「したが、盗賊は――？」

「奴等はそのまま残ったのじゃ。火を見るように瞭らかなこと。そうであろうが、書庫の虫どの。わしとヴィールフランシュとがこの宝庫に降り立ったとき、警固の兵が二人だけ、ほかにはだれもおらなんだ」

「閣下のお言葉では、警固の兵は絶命しておったとか――」

「いや、いや。死んだのは一人きりじゃ。首が胴から見事に斬って落されておった。あとの一人は負傷しただけ、いまだに死んではおらぬのじゃ」

「といわれると、その第二の兵、いまなお生きながらえておる男が盗賊であると――？」

「たぶんな。だが、かならずしもそうとはかぎらぬ。戦時にあっては、あらゆる可能性を計量せんければならぬ。この部屋は、灯火を持ち来たさぬかぎり、見らるるとおりの闇じゃ。盗賊どもが、突然番兵に近づき、襲いかかるとおりの闇じゃ。盗賊どもが、突然番兵に近づき、襲いかかることもあり得よう。緑玉を壁の扉から綱で下ろし、そのあと、身を片隅にひそめ、わしとヴィールフランシュ侯が、部下を引き率れて降りてくるのを待つ。そして、事件発覚の混乱に乗じてわれらのあいだに交じって脱出する――そうした手だても考えられぬことではない」

「ただそれは――」

太公の使臣には、モンターニョ伯の言葉の意味が呑みこめてきた。

「ただそれは、盗賊のいでたちにまぎらわしいものがある場合にかぎりますな。閣下の兵か、またはヴィールフランシュ侯の従者と、おなじ具足を着けておるとか――」

「推察どおりだ。つまりこれには、三個の可能性が考えられる。ひとつは警固の兵そのものの仕業の場合じゃ。二人の兵が腹を組み、宝石を窓から釣り下ろした。その後、二人のあいだにいい争いが生じた。左様さ、いずれその原因も、調べれば分ることであろうが、その争いの結果、一人が殺され、一人が傷ついた。あとのひとつはわが手に属する兵の場合、またひとつはヴィールフランシュの部下のとき」

「きわめて明白でありますな」使臣はうなずいて、「で、その第二の番兵は？」

「殺された兵の傍らに、傷ついたまま倒れておった。きゃつめ、狂ったような有様だった」

「お調べに応えられぬ様子でしたか？」

「それほどのこともなかった。出来さえすれば、尋問に応じたであろうが」

「と、いわれると？」

「ノフリーオは出生以来、一日たりともこのモンターニョ城を離れたことのない男。なれど、きゃつはまた、生まれついての聾唖者じゃ」

使臣は思わず、モンターニョ伯の顔を凝視した。

「したが、われらは」と城主はいった。「ヴィールフランシュ侯に、仏王の返答をあたえねばならぬ。至急、解決策を練らねばなるまい」

「閣下は、その案をお持ちでしょうか？」

太公の使臣は問いかけたが、ハッとしたように言葉をとめて、あらたな微笑と更えた。つね日頃、彼が顔に浮かべている、年齢に似合わず陰気な表情とはことなり、熟柿を啜《すす》ったあとのように、異様なくらい若々しいものだった。

「わたくしにも一案はございまする。ノフリーオなる男も、筆によれば返答はできましょう。質問をあたえて、筆によって申し立てさせてはいかがかと存じますが——」

「あいにく、それもかなわぬことだ」

伯は立ち上って、従者に眼配ばせしながらいった。

「きゃつめ、一字も知りおらぬ。したが、わしはわしで、取調べの方法は心得ておる」

「まことに」と太公の使臣はいった。「狼の知恵をお持ちと信じまする」

フランス王の特使ヴィールフランシュ侯は、香液に浸したポムポムを採るに夢中だった。玩びながらも苛立っていた。北イタリアのごとき僻陬は、とうてい彼に耐えられる土地ではなかった。貴族と称せられる人間すら、彼の眼には未開の徒だ。たとえばモンターニョの城主、モンターニョ伯。粗野で無骨で、容貌までがむくつけな、一介の武辺に過ぎぬではないか。これではまだしも、皺だらけの老廷臣のほうがましと思われる。とはいえ、そこは彼も使節の身。モンターニョ伯の言葉からは、注意を逸らさなかった。

もしその言辞のうちに、一言たりとも、不遜のものが混じっておれば、次に来たる夏には、このモンターニョ城も陛下の麾下に属していよう。一袋の緑玉を失うも、戦を開始する口実としては、いと廉いものだ。ただおそらくは――そう思うにつけて、侯の顔は蒼白に変わっていった――おそらくはその暁、彼はモンターニョ伯の地位に代わって、この世の墳墓ともいうべき山間の孤城に、主とならねばならぬ運命が待っているのではなかろうか。

「……さて、ヴィールフランシュ侯」モンターニョ伯の言葉はつづいた。「ここに事件の本質がある。無礼な臆測に御容赦をねがうが、事件は貴下の部下の手によってなされたかも知れぬ。同様な疑念は、当城の兵士にもかけられる。論理の上から申せば、形式からいうも、その間の事情を、明瞭に調べあげる必要がござろう」

しかし、ヴィールフランシュ侯は、さも大儀そうにうなずいて、

「いかにも、御説のとおりじゃ。すべては、その無学な聾啞者の証言にかかりおる次第であるな」

モンターニョ城主は、使臣の肩口に偉軀を寄せてきた。彼等はモンターニョ城の裁きの間にあった。伯が当然、城主の席に着いている。椅子の腕には、裁く狼の首が彫ってある。隣りの席にはヴィールフランシュ侯が、そのまた傍らの樫のベンチに、太公の使臣が、物静かな面持で控えていた。

「さて、御両所」と、モンターニョはいった。「われらの啞は、一丁字すら解さぬ男だが、さりとて盲目ではない」

途端にポムポムが、ヴィールフランシュ侯の手から落ちて床の上に転がった。太公の使臣は、へつらうように手を伸ばして拾いあげると、侯に渡した。フランスの貴族は、ひったくるように受取って、

「とはまた、どういう意味？」

と訊き返した。

「ドミニコ派の僧に、一連の絵を描かせ申した。それぞれの絵に、それぞれの嫌疑者を現わせと命じておいた。三種三様に、盗奪の模様を写させてある。これによって、解決に導き得るは必然でござろう。ドミニコ僧は、あの若者とも昵懇の間柄、たとえ、聾唖者であろうと、なんとかわれらの訊きただす趣旨を伝えると思われる。これでもう、解決したも同然じゃ」

ヴィールフランシュ侯は、無言できつく、唇を嚙んだ。太公の使臣は、その表情を見詰めていた。侯のいらだちが、恐怖のためか、逡巡の意味か、見きわめるかのように、眼を据えるのだった。

「だがしかし」最後に、それでもヴィールフランシュはいった。

「その著者とて、おのれの罪は認めぬであろうが」

モンターニョ伯はからからと笑った。思わず相手を慄然とさせる。北方の狼の笑いだった。ヴィールフランシュ侯は、身をしさった。恐怖からではない。無躾けへの嫌悪からだった。

城主はいった。

「ノフリーオめは、次の間に控えさせてござる。御目通りねがえますか。きゃつめが真実を告げるのに、疑念をお持ちくださるな。縄目の恥が、なによりもその忌むところでござれば」

呟きながら、彼は背後の兵に眼くばせした。兵はすぐに、海老茶の衣をまとった小柄の修道僧をともなってもどってきた。僧は手に、何枚かの略画を携えていた。

「それが頼んだ絵か？」

「ほんの下絵に過ぎませぬが、お気にかないましょうか」

城主の返事は、その絵の出来のいかんにかかわる。修道僧は気遣わしげに頭を下げた。ローマからの保護の手も、この山間のモンターニョ城までは及ぶべくもないのだ。

モンターニョ伯は、つづいて扉に眼をやった。数人の番兵どもが、異様な存在を引っ立ててきた。かつてはこれも、人間の部類に属しておったと思われる。軀はぐったり番兵の腕に凭《もた》せかけている。胸に荒縄が、幾重にも捲きつけてある。傷から噴き出した血が、頭髪を濡らし、顔面をはげしく歪めている。

城主はまた笑って、ヴィールフランシュ侯に眼をやった。

「召しつれました」

太公の使臣は、眼ばたきをして、眼を逸らした。ヴィールフランシュはポムポムを鼻がしらまで持ち上げた。

「ノフリーオよ」

とモンターニョ城のあるじモンターニョ伯は呼びかけた。荘重な声が、裁きの間いっぱいに響き渡った。

「憶えておるぞ。むかしこの城内で、わしの子息らの遊び相手を務めたのはきさまだったな。きさまもまだ幼かったが、その頃からの忠勤は、わしは決して忘れやせん。きさまに罪がなく、まことの盗賊を指さすことができれば、たとえそやつが、いかような相手であろうと、きさまの一身は、なんとしてでも、このわしが保護してみせるぞ」

そこで彼はしっかりとフランスの貴族を見やっていった。

「ヴィールフランシュ侯。貴下にもお分りくださろうな?」

ヴィールフランシュはうなずいた。

城主は修道僧に合図をした。僧は第一の略画を取出して、ノフリーオの前にしめした。画面に描かれているのは、ノフリーオと死んだその同役が、穴倉の壁に倚りかかっている。その傍らで、モンターニョ家配下の具足を着用した将兵どもが、おのおの手に白刃をひっ提げて、緑玉の袋を、壁に穿った石扉に運びつつあるところだ。

「ノフリーオよ、心して、この絵を見よ」伯はいった。「きさまの首が縦にうごけば、昨夜の歓迎宴に列席した部下どもを、わしは一人のこらず、絞り首にしてくれる所存だ！」

ノフリーオは顔を突き出して、大きくみひらいた眼を、前方に据えた。そしてゆっくりと、首を横に振った。

太公の使臣は、ほっとして緊張をゆるめた。が、ヴィールフランシュ侯は、椅子の腕をきつく握って、その手を神経質に顫わせていた。

伯は注意ぶかく、ヴィールフランシュの様子を眺めつつ、修道僧につぎの合図をした。第二の略図は、第一のそれと似た図柄だが、異なるところは、将士が着けている鎧がフランス風であることだ。それらの将士が、ヴィールフランシュ侯が引き率れてきた従者たちだというわけだ。

「さて、ヴィールフランシュ侯」モンターニョ城主は、いった。「いよいよ興味ある局面に達しましたな。煩わしい局面といい変うべきですかな」

「なにをいわれる」ヴィールフランシュ侯は眼くじら立てていった。「これは怪しからぬ。予に対し、そしてまた、わがフランスに対して侮辱といえよう。もしもこの下郎が――」

「罪なき者は、神のみ前に怖れを抱きませぬ」太公の使臣はしずかにたしなめた。老学究を思わせる語調だった。「されば、かかる争いに心を悩ますは、愚かなことといえよう」

　ヴィールフランシュ侯は小鼻をふくらませて、そういう使臣を睨めつけた。そしてそれから、三人そろって、四人へ眼をやった。

「よく見ろよ、ノフリーオ」城主はしずかにいった。「宝玉を奪ったものが、フランス人であれば、首を縦に振ればよい——その首のひと振りで、われらの国はフランスと戦端をひらく羽目になるかも知れぬが」

　しかし、ノフリーオは、しずかに首を振った。確信ありげに、右から左へと。

　ヴィールフランシュは、はじめて安堵した面持でモンターニョ伯に笑いかけた。だが、伯の顔は、非劇の主人公のように険しかった。

　ものもいわずに、彼は修道僧に眼配ばせした。ドミニコ僧は、第三の絵を取出した。前の二枚の絵と、まったく別異の図柄だ。ノフリーオと思われる若者が、壁の石扉を前に立っている。慎重な顔付きで、嶮しい山壁に沿って、緑玉の袋を垂らしているところだ。相棒が山裾で待ち受けているのであろうが、これは画面には現われていない。ノフリーオの自白を、そのまま絵にしたものである。

「おそらくは」とモンターニョはいった。「これこそきさまにとって、最上の絵画であろう。これによって、きさまの苦難は、終局を告げることになる。鞭、鉄ぐつ、水責めの苦患も、これをもって免れ得るのだ」

　太公の使臣は伯の顔を見た。悲痛に溢れた顔だった。

「左様」モンターニョ伯は繰り返した。「ノフリーオは自由に戻るであろう」

　伯は立ちあがった。背後に居並ぶ従者の手から松明を取ると、使臣とともに、四人の間近に歩みよった。ヴィールフランシュ侯と、第三の絵を手にした修道僧とが、そのあとに従った。眼をみはった四人のまえ、一フィートに足らぬ場所に、モンターニョ伯はピタッと立ちどまって、あかあかと燃ゆる松明を差出した。

　ドミニコ僧は、その傍らに立った。そして彼は、手にした画をずいとかかげて、はげしい苦痛に、うつろに開いた四人の眼に示した。

　伯は手の甲で、額の汗を拭っていた。この寒気に、額はぐっしょり濡れていた。

「ノフリーオは自由の身に戻ろう」

　そのノフリーオは、眼前の絵画にピタリと眸を向けたままゆっくりと、かつ物悲しげにうなずいた。

「あっ」と使臣が叫んだ。「人の裁きは、これで終った」

　ヴィールフランシュ侯は、城主に向って、思わずいった。「お見事だ！　武人にして、かくまでの思慮ある方に、予ははじめてお眼にかかることができた」

「まことに、狼の知恵をお持ちと信じまする」

使臣は痩せこけた手を、長衣の袖に埋めていった。

モンターニョ伯は、囚人の肩に手をおいたが、すぐにそれを引き退げた。この場に及んでの感傷を、この武人は恥じたかに思われた。そして彼は、番兵に向きなおって命じた。

「こやつを引っ立てい。仲間があるか、早々に取調べろ。調べのつき次第、処刑いたすがよい」

そのまま伯は、大股に戻ったが、その肩はふかく垂れていた。

番兵に導かれて、伯はもとの椅子についたが、囚人には背を向け、顔をそむけていた。しかし、使臣と外国の使節と、そして修道僧は、魅せられたように、伯の背後に眼をあてたまま、その視線を動かし得なかった。

番兵どもは、囚人を裁きの間から引っ立てていった。冷えきった石甃に、踵の音が、高く鳴った。数フィートと進まぬうちに、ノフリーオの口が動いた。急に、怖ろしい叫び声をあげたのだ。唖者特有の、人間よりはけものに近い叫び声だった。

その刹那、太公の使臣は、開いた口に、舌端が切りとられているのを見た。アッと思った瞬間、ノフリーオは口を噤《つぐ》んで、ちからなく引っ立てられていった。

伯は肩を垂れて、椅子に踞ったままだった。最早彼は、勇猛全イタリアに轟く、偉大な傭兵隊長《コンドッティエーレ》ではない。ただの中年の男、せいぜいが田舎領主と変わっていた。

「きゃつは小児の頃、このモンターニョ城の中庭で遊んでいたものだ」

ヴィールフランシュ侯は、はじめて策略心を捨てて、伯の手に手をおいた。が、似たようないいしぐさを見たばかりだと気付いたか、侯はサッと手をひっこめた。

「早々に陛下に、この処罰の趣きを言上しよう。貴下が愛する部下の生命を、フランス王への忠節に犠牲とせられた顚末を――」

侯はそのまま、裁きの間から歩み去った。太公の使臣は、音もなく、そのあとに従った。

「まことにこれは、よき国である」

歩きながら、侯はいった。そして、あとの世間話に、心の恐怖をまぎらした。

「恐怖政治を去れば、この国もまた、強大になりましょう」使臣はいった。あとは唇をかたく結んで、口のなかに呟いていた。「狼のあぎとから解放されたときに」

ヴィールフランシュ侯は、はるか北方に眼をやった。心のうちに侯は見ていた。アルプスを越えて、彼の主君の宮廷のさまを。

「いや、いや。この国が強大となるのは、わがフランスの国旗の下に統一されたときじや」

しかし、痩せさらばえた太公の使臣は、憎悪と尊敬との入り混じった複雑きわまる表情で、南の空に思いを馳せた。中京の獅子、チェザーレ・ボルジアの醜いまでに腐敗したその宮廷を。

そして彼は、

「イタリアはイタリアの手で」としずかにいった。

ヴィールフランシュ侯は、ふたたびわれに返った。尊大な笑みを洩らして、ポムポムを玩びだした。

「君は学者じゃな」彼はいった。「抽象の世界に生きる男——が、真に偉大なのは、権力あるのみじゃ」

「仰せのとおり」使臣は悲しげに首を振った。「獅子の勇猛と狼の狡智だけに偉大さがあるのです」

「なに？　予を非難するか」

つづいて彼は、言葉をあらげていった。おのれもまた、廷人であるとともに、学者でもあることを示そうとするのであろう。

「それこそ新しい国家の観念なのじゃ。権力と秩序を保ち得るかぎり、統一者がフランス王であろうと、イタリアの君主であろうと、問題とするには当らぬと考える」

「いえ、いいえ」太公の使臣は応えた。「まだその段階には達しておりませぬ」

ヴィールフランシュ侯は背後の広間を振りかえりつついった。

「予はこの始末を、さっそく陛下に報告申し上げる。征戦の軍を出すほどの問題にあらずと言上する」

「人による裁きは終りました」使臣はいった。

「残るは神の裁きか？」

使臣は痩せた肩を聳やかした。

「死を免れぬ人間が、いかにして永遠の裁きを察し得ましょうや」

思索の人に返って、初めて彼は、心の平静を覚えた。書斎の裡のみが、彼にとっての自由な天地だった。書き物机の上には、仔牛皮の装幀を施したリヴィウスの数巻があった。ま新しい紙と鵞ペンとを前にして、太公の使臣はあらためて思うのだった。このローマ史家の註解にこそ、彼本来の使命があるのだ。この仕事さえ完成すれば、おそらく彼の名は、末ながく文学の世界に残ることであろう。

それに、あと一息の努力だ。それを充分心得ながら、なおかつ彼は——と、思わず彼は、痩せた肩を聳やかした――身を戦場の塵に塗れしめ、われから進んで陰謀の手先に堕しつつあるではないか。その果敢なさ。いかに入念をきわめた報告書を提出しても、狡猾な主君は、わずかに一瞥をあたえるに過ぎぬであろう。かくて彼は、いたずらに年老い、貴重な時は翔び去って行く。いかように忠勤を励もうとも、前途にはただ、忘却の運命が待つのみである。音高く青史の上にとどろくは、ひとりチェザーレ・ボルジアの名のみで、彼のごときは、ひっきょう、その謬ですらあり得ぬのではなかろうか。

太公の使臣は、大判の罫紙にむかって、鵞ペンをインクに走らせた。この忌わしい記録をつづるに、彼は学究としての全知能を傾けた。そうすることが、彼自身の地位にたいしての、悲しい皮肉であることを痛感していた。報告書の背後にひそむ事実のごときは、最早彼にとって、なんの意味も持たなかった。彼はただ、事実をありのままに、一切の文飾を去った直截明確な筆致をもって書きつづっていった。恰度、彼の愛するリヴィウスが、ローマ帝国の興隆を叙した表現に範をとって……

――わが敬愛するチェザーレ・ボルジア陛下。イタリアの獅子、神の国の鋭利なる剣、ヴァレンティーノの太公の御前に、謹んでこの書を奉呈いたします。

公事と私事の間の差別を弁うべきは、もとより臣のよく知るところでありますが、尚かつ以下の言葉を奉呈いたしまして、公文としての報告書に洩れたところの愚見を補いたいと考えます。

臣はかの報告書において、北辺の狼、山獄地方の勇将、モンターニョ城の主、モンターニョ伯の部下が、陛下よりフランス王へ贈られし貴重なる貢物を盗奪した顚末、および伯の機転が、直ちに犯人を摘発し、処罰せられた一切を、つまびらかに記述いたしました。

されど、学問の道にいそしむ臣としては、これについて、一言付け加えざるを得ぬ気持に駆られるのであります。それぞまさしく、つねづね陛下より、戦時には迂遠のものとの御批判を受ける所以とは存じまするが、尚、御一読を賜われば幸甚と存ずる次第であります。

臣が盗難の調査を命じられ、モンターニョ城に急ぐ間、胸中にはただ一つの考えを抱くのみでした。この事件をして、フランス軍の侵寇に対する口実に利用せしむべきではないとの一事でした。幸いにしてモンターニョ伯は、その口実の根拠を覆しました。その意味において、臣の使命は完うし得たということもできましょう。まことにかの城主が、一介の武辺と異り、かくも才気縦横、讃嘆に値すべき傑物であったとは、臣の予想もせざりし驚愕でありました。

然もモンターニョ伯は、遠来の使節ヴィールフランシュ侯を、身分はともあれ、柔懦暗愚な宮廷に過ぎぬと看破しておりました。かくも重要な警固の役に、何が故に聾唖の男などを配置したかと、その真意を詰問するような思慮は備えぬと察知していました。あの光線に乏しい地下の一室で、フランス兵とイタリア兵の具足の差異まで、あのノフリーオなる若者に識別し得たかと、訊き匡すだけの叡知はもたぬと予測していました。

以上の点だけが、モンターニョ伯の策略にとって、唯一の冒険でした。そして事実、伯は失策を一つ犯しましたが、さいわいにして、ヴィールフランシュ侯は、それを見過ごしました。それにしても、絵画による尋問とは、なんという巧妙な趣向でしょう。尊敬すべき戦略家の考慮に出たものとしても、なんという偉大な思い付きでありましょう。

とはいえ、一度ならず二度まで、モンターニョ伯の計画にも重大な遺漏がありました。一度は伯自身の手抜かりから、一度は人間精神の不確かによるものでありまして、これまた名君たらんとする諸侯にとって、尊き一個の教訓とみることができましょう。但しヴィールフランシュ侯は、これに付きなにひとつ窺い知るところはありませんでした。

以上述べ来たったところに鑑みられ、改めてさきの報告書を御再読賜りますれば、陛下はかならずや、次の諸点に御気付きのことと推察いたします。哀れなヴィールフランシュ侯が、あの聾唖者の叫び声によって、いかに強烈な印象を与えられたか。事実誤りなく、あれは言語能力を欠く人間の叫びでした。しかし、ヴィールフランシュ侯は気付くこともなくして終りましたが、臣の眼は、ノフリーオがあの叫び声をあげたとき、大きく開いた口のなかに、舌端が断ち切られているのを看て取りました。生まれ落ちてよりの聾唖者としたら、あの斬り取られた舌端は何を意味するものでありましょう。成長した後において、ことさらに唖者とさせられたと見るのが至当ではありますが、聾者ではなかったと解すべきだと心得ます。

告白いたしますと、臣は当初より、なにかこれに似た事実が起こるものと予期していました。しかも、モンターニョ伯なる武人を誤解して、これより遥かに残酷な光景が展開されるものと、いささか恐怖の念を覚えたのも事実であります。しかるに、伯の裁きは案に相違して、まことに洗練をきわめ、いうなれば雅びた処置とも称うべきものを見ました。それも裁きが、一人の証言にかかっていたからです。モンターニョ伯の手で、言語能力を奪い去られた若者です。文学を解せぬがために、眼に物をいわすほかには、他人と意思を疎通しあたわぬ男でした。耳に聞く力はありましたが、相手に伝える術を欠いていました。

しかしその方法がなかったわけではありませぬ。モンターニョ伯の採った手段、絵画をもってする尋問です。モンターニョ伯が犯した唯一の誤りさえなければ、おそらく臣は、疑惑に苛まれるばかりで、いまだに真相を知るは不可能であったと考えます。真相を知ってみれば、所詮それは、小児の恣意に近い所業であります。小児にも似たわが儘な所業であればこそ、臣はそこに、却って偉大な魂の動きを感じ取るのであります。願わくばいま一度、報告書にお眼を通されんことを（ついでながら、報告書に御署名賜りしことをここに厚く感謝させていただきます）。細心に御閲読くだされば、尋問の模様は明らかでありましょう。

モンターニョ伯は予め、ノフリーオには尋問の性質を告げておいたといわれましたので、臣等はその若者が、裁きの間に引出されるのを見ても、あらためて臣等の口から、その趣旨を繰り返して聞かす所存はありませんでした。いうまでもなく、伯はそれについて、一言たりともノフリーオに教えてはいなかったのであります。

しかし、陛下――報告書に御注意ねがい上げます。伯は尋問に際し、修道僧が描いた絵画の場面を、ノフリーオには語っておりませぬ。事実、若者が聾唖とせば、語り聞かせたところで、なんの意味もありませぬ。したが、臣らは彼が、聾であったとは信じぬのであります。

さらにまた、御注意ねがいますは、第一の絵を示しての伯の言葉であります。モンターニョ伯はいいました。――ノフリーオよ、心して、この絵を見よ……そして伯は、次のような趣旨の言葉を聞かせました。緑玉を持ち去ったのが、ノフリーオの僚友どもであれば、彼等を一人のこらず絞り首にすると。その言を聞いて、当然若者の首は横に振られました。彼は僚友たちに罪のなきことを知っていたからであります。

そして、第二の絵を示したとき、伯はやはり、画面については何も語りませんでした。ただ、伯の述べた言葉は、宝石を奪ったものがフランス兵と定まれば、わが国とフランスとの間に、戦端がひらかれることになろうと——そして、不幸なノフリーオは、それを否定しました。

しかし、第三の絵は、ノフリーオが罪を犯すさまを写し出した画面でした。それを示されながら、彼はモンターニョ伯の口から異様な言葉を聞きました。

——この絵によって、ノフリーオは自由の身に戻るであろう。

愚かな若者は、伯の真意に疑念を抱きつつも、分らぬながらに力づよく点頭しました。肯くことによって、彼はみずからの運命を決めました。

ノフリーオは宝石など盗んではおりませぬ。宝石は、陛下もすでに御推察あらせられるように、北方の狼、モンターニョ城の主モンターニョ伯の手によって、奪われたのであります。惟いまするに、その日、夕刻以前、伯は部下の眼を窃んで、穴倉に降り、ノフリーオの僚友を殺害し、次いで唖者となったノフリーオを傷つけたのでありましょう。

おそらくは早晩、陛下の貴重なる緑玉は、イギリスかまたはドイツの宝石市場に姿を現わすことと考えられます。

それ以外に、伯の慎重な謀計を説明する方法がありましょうか。かりに陛下をかくも英邁にあらせられぬとすれば、臣は次のごとき御質問を賜るでありましょう。

――では何故に、ノフリーオは第三の絵を肯定したか？　中原の獅子と称えられる陛下の口に、かかる御言葉を仮定するは、もとより狂気の沙汰というべきであり、事実、陛下は、すでに御洞察のことと信じますが、これこそ、伯が、若者の舌を断った真意、裁きの間における、周到な一言一句。何をそれらが狙っておったか？　ノフリーオはうなずきました。しかし、若者は決して、画面に点頭したのではありませぬ。おのれの罪を認めたのではありませぬ。彼は修道僧の絵を見ませんでした。ノフリーオは盲目だったのです。

聾ではなく、盲人でした。臣はそれを、虚ろにみはったその眸を見た瞬間に知りました。臣はそれを、ドミニコ僧が若者に、絵を示したときに知りました。眼前に置かれても、彼の瞳は動く気配もみせませんでした。そして伯が、性急のあまりに、意味もなく重大な誤りを犯したとき、臣は判然と確かめることができました。伯に松明を、一フィートと離れぬところで差付けられても、眸は微塵もひるまず、それを凝視したままにありました。

ノフリーオは生まれ落ちて以来、盲目であったとみて然るべきでしょう。モンターニョ伯が残忍であったとするも、それまた我々すべての胸にひそむものと解したいと考えます。そして、なによりもここに哂いたいのは、フランスの特使ヴィールフランシュ侯が、ノフリーオに数倍して、盲目であったことです。事実は侯の前にありました。侯の見える眼の前にありました。にもかかわらず、侯はそれを、見てとることができなかったのです。

臣はそれについて、一言も口を挟まず、黙したまま城を離れました。モンターニョ伯は目的を達しました。ノフリーオもまた、彼の使命を果たしました。かくて、フランスは欺かれたのです。いまさら、臣が伯の胸中を云々したところで、いたずらに伯を驚かすばかり、そこに何の利益がありましょう？　利益なきところに行動なしとは、国家経営の要諦ではありませぬか。見抜いておるぞといったところで、却って伯をして、おのが狡智に誇りを抱かせるに過ぎませぬ。

しかし、なによりもここに重要な事実は、モンターニョ伯に、裏切りの可能性があることが明らかになったことです。伯は無意識の裡に、その証拠を残しました。不毛の山地を領地とする苦悩を露呈いたしました。経済力の不安定を救うためには、貧しい領地を武装させるためには、強国フランスの怒りを買うことさえ辞さなかった気持——それは、いつの日か、かくてかち得た武器と兵力とを以って、陛下御自身の権力に向うことを覚悟すべきではありませぬか。さいわいにして現在は、彼を凌駕すること数段の軍備が我が手にあります。なればこそ、伯の狡智は、彼をして我が宮廷への来貢をつづけさせております。我もまた、利用し得るかぎりにおいて、彼を利用するのが得策でありましょう。

それにしても、このたびの騒ぎは、三者それぞれに利益をあたえたという、まことに稀らしき事実として、充分陛下の御研究に資すべきものがあると考えます。ヴィールフランシュ侯は国王への報告にこと欠かず、モンターニョ伯は新軍備に価する緑玉を獲得しました。そしてまた陛下は、宝玉に数倍する貴重な知識を確保せられました。不平なノフリーオのみが苦しみましたが、これまたわれらに、かの諺の正しきことを教えたものとして、満足すべきではありませぬか——小雀一羽地に落つるも、誰かその死の知らざるべきと。

陛下よ、知り給え。臣はつねに、陛下の足下にひれ伏し、その聡明と威力とを称え奉る者であることを。

陛下の忠実なる臣　ニッコロ・マキアヴェリ

訳註　ここに当時のイタリアの形勢を略述しておくと、いまだ国家としての統一を持つ段階にはほど遠く、ローマ、フィーレンツェ、ミラノ、ナポリ、ヴェネチア等、少数の富裕都市が、それぞれ弱小都市を支配下におさめて、たがいに覇を競い、おのおの勢力に消長があった。ローマにおける法王にしても、それはすでに、キリスト教信仰の中心たることを離れて、剣と術策とを以って俗権を争う一君主と異らなかった。ルネッサンス文化は開花したが、政治的には戦国時代の様相を呈していた。

こうした国内事情を睨んだ当時の強国、フランス、ドイツ、スペイン等は一四六九年にフランス王シャルル八世の遠征を皮切りに、一斉にこの国に侵略を企てた。

時に十六世紀の初頭、法王の子チェザーレ・ボルジアは、あらゆる権謀術策を弄して、全イタリアに領土を拡張せんものと狂奔した。ためにフランス王ルイ十二世の庇護を仰ぎ、北方の敵国ヴェネチアを制圧せんと計っていた。その中間にあるフィーレンツェは、当時サヴォナローラの乱で弱体化していたので、マキアヴェリを送って、法王庁と修交に努めていた。

解　説

ミステリ評論家
千街晶之

本格ミステリのファン、ハードボイルドのファン、江戸川乱歩が言うところの「奇妙な味」のファン、そして歴史ミステリのファンを、同時に満足させ得る短篇集は果たして存在するだろうか。存在する、と私は答える。トマス・フラナガンの『アデスタを吹く冷たい風』（一九六一年七月、ハヤカワ・ミステリ刊）という実例があるからだ。

日本で独自に編纂されたこの短篇集は、ポケミスの愛称で知られる叢書「ハヤカワ・ミステリ」の復刊希望アンケートで、一九九八年（ハヤカワ・ミステリ四十五周年記念）と二〇〇三年（五十周年記念）の二度に亘って票を一番集めたことでも知られている。絶版ハヤカワ・ミステリの稀少度は必ずしも作品の質と比例するわけではないが、本書は掛け値なしに面白いにもかかわらず長年入手困難な状態が続いていた。それが繰り返し復刊を渇望された大きな理由であり、今回の文庫化はまさに快挙と称するべきだろう。

著者のトマス・フラナガンは一九二三年、アメリカ合衆国コネチカット州に生まれた。文学研究者で、専門はアイルランド文学。カリフォルニア大学バークレー校の終身在職教員であり、二〇〇二年、バークレーにおいて心臓発作で逝去した。小説家としては、「玉を懐いて罪あり」The Fine Italian Hand（一九四九年）で《エラリイ・クイーンズ・ミステリ・マガジン（EQMM）》の第四回年次コンテスト最優秀新人賞を受賞してデビューしている。本書の収録順とは異なるけれども、まずこの作品から言及したい。

夏のうだるような暑さの土曜日の午後に二時間で書き上げたという「玉を懐いて罪あり」は、異なる邦題でハヤカワ・ミステリに二度収録された珍しい例である。H・S・サンテッスン編のアンソロジー『密室殺人傑作選』に、この作品は「北イタリア物語」という邦題で収録されているのだ。早川書房の「世界ミステリ全集」の最終巻として刊行された伝説の名アンソロジー『37の短篇』（石川喬司・編、一九七三年）に「北イタリア物語」ヴァージョンが収録されていたし、古今東西のミステリに登場する密室をイラスト入りで紹介した有栖川有栖［文］・磯田和一［画］『有栖川有栖の密室大図鑑』（一九九九年）でも「北イタリア物語」として触れられているので、こちらの邦題のほうがポピュラーかも知れない。

十五世紀の北イタリアの城で、護衛兵が殺害され、ボルジア家からフランス王に献上される予定だった緑玉が密室状態の宝物室から盗まれた――という事件をめぐって、城主である伯爵、フランス王の大使、ボルジア家の使臣の思惑が入り乱れる本作は、著者の作品中、最も本格ミステリ色が濃いものである（ただし、著者自身は書き上げた後もこの作品が密室ものだということに気づいていなかったという）。唯一の証人である聾啞者への絵画を用いた訊問など、さまざまな趣向が詰め込まれた傑作であり、幕切れも鮮やかだ。謎解きが優れているだけにとどまらず、解決自体が国際政治の不気味な深淵を覗かせて読者を戦慄させる点も含め、ただならぬ水準のデビュー作と言っていいだろう。なお、従来のハヤカワ・ミステリ版では、作品の冒頭にあった訳者の注釈がネタばらしになっていたけれども、今回の文庫版では「北イタリア物語」ヴァージョンと同様、作品の末尾へ移動することとなった。

この「玉を懐いて罪あり」を含め、フラナガンは約十年間に七篇の短篇ミステリを執筆しており、すべて《ＥＱＭＭ》に掲載された。そのうち四篇が、軍人にして警察官のテナント少佐を主人公とするシリーズものである。中でも、「アデスタを吹く冷たい風」は《ＥＱＭＭ》第七回年次コンテスト第一席を獲得している。

これらの舞台となる《共和国》は地中海沿いにあるらしい。以前は王政が敷かれていたが、将軍《ジェネラル》と呼ばれる人物がクーデターを起こして元首に納まり、共和国とは名目のみの軍事独裁国家となっている様子である（フランコ独裁政権時代のスペインを想起させるが、具体的なモデルの有無は不明）。四作のうち「アデスタを吹く冷たい風」The Cold Winds of Adesta（一九五二年）と「国のしきたり」The Customs of the Country（一九五六年）は密輸、「獅子のたてがみ」The Lion's Mane（一九五三年）と「良心の問題」The Point of Honor（一九五二年）は殺人事件を扱っているけれども、同じ密輸や殺人でも扱い方は作品ごとに全く異なっており、人間の心理的死角を利用した仕掛けが冴え渡っている。

通常の民主主義体制ではない場を舞台にした一種の思考実験であるという意味では、このシリーズと「玉を懐いて罪あり」は共通しているとも言える。ただし「玉を懐いて罪あり」が、剝き出しの権力と権力がぶつかり合う時代と場所を舞台にしていたのに対し、テナント少佐シリーズは、警察が存在しながら、通常の民主国家のそれのようには機能していない国が舞台である。「あの男は、軍人としては、最高の傑物だが、少佐で一生おわる人間だ」（「獅子のたてがみ」）と評されるテナントは、上官にも不遜な態度をとり、出世とは無縁（かつては大佐だったが、何らかの事情で降格されている）、有能であることは認められながらも周囲から孤立した存在である。革命に共感していないようだし、将軍のことも内心では「施政のとりえといえば、全体主義よりいくらかまし」（「アデスタを吹く冷たい風」）程度にしか評価していない。しかし軍人として、警察官として、彼は将軍の意思に服従しなければならない。だから、将軍に逆らわず、なおかつ自らの良心をも貫き通す……というテナントの行動は綱渡りめいたものにならざるを得ない。それは時として、民主主義国家であれば許されないような手段となる場合もある。テナント少佐シリーズはトリッキーな連作だが、そのトリッキーさは個々の事件の謎と解決のみに見られるのではない（「アデスタを吹く冷たい風」の一本道で行われる密輸という不可能興味など、ひとつひとつの謎解きが独創的であることは間違いないにせよ）。テナントがいかにして直面する事態の望ましい落としどころを見出し、歪な国家体制のもとで自らの正義を実現するのかを描く部分においてこそ、著者のトリッキーな小説作法の本領は発揮されるのである。

テナントの人となりは、著者によってさほど詳しく描き込まれているわけではない。むしろ、彼に関する描写はかなり抑制されている（のみならず、舞台となる《共和国》についても必要最低限の説明しかない）。しかしその抑えた描写によって、読者はテナントのジレンマや良心のありようを知ることが出来るのだ。彼のそんな生き方は、ハードボイルド小説の探偵役たちに通じるものがある。同時に、「論理と暴力。このふたつが結びついたあかつき、この世に、不可能なことは考えられぬ。革命さえ成就するだろう」(「アデスタを吹く冷たい風」)といった警句を吐く彼は、G・K・チェスタートンの小説に登場するブラウン神父の末裔の色合いも帯びている。更に言えばこのシリーズは、イギリスがナチス・ドイツと講和を結んだ戦後を背景とするジョー・ウォルトンの歴史改変ミステリ《ファージング》三部作(二〇〇六~〇八年)や、一党独裁国家となったパラレルワールドの日本を舞台とする石持浅海の連作短篇集『この国。』(二〇一〇年)などのような、自由が束縛された国家における名探偵的知性のありようを描いた作例の先駆としても貴重と言えるだろう。

残る二篇、「もし君が陪審員なら」Suppose You Were on the Jury(一九五八年)と「うまくいったようだわね」This will Do Nicely(一九五五年)は、発表当時の現代アメリカを舞台とした「奇妙な味」の短篇だ。無罪判決が下ったばかりの被告の疑惑に包まれた過去を弁護士が語る前者は、テナント少佐の描写などにも見られた著者の「具体的な描写を控えながら読者に伝えたいことを伝える」テクニックが最大限に発揮された作品だ。具体的な描写は全くないにもかかわらず、読者は最後に行われるであろうことを疑わない。夫を殺した妻がすぐに顧問弁護士を呼び出すシーンからスタートする後者は、本書の中で最もブラック・ユーモアのセンスが溢れる作品で、テナント少佐シリーズなどとは異なる著者の持ち味を楽しめる。また、これらの作品の語り口と、「アデスタを吹く冷たい風」の冷たく乾いた描写が醸し出す詩情を比較すると、文章面での著者の多才さも窺える筈だ。これからも読み継がれるべきマスターピースである本書が、今度こそ品切れにならないことを期待したい。

最後に付言しておくと、著者はこれらの短篇の他に長篇を三作発表しており、いずれも歴史小説である。

The Year of the French（一九七九年）
The Tenants of Time（一九八八年）
The End of the Hunt（一九九五年）

本書は、一九六一年七月にハヤカワ・ミステリとして刊行された作品を文庫化したものです。

エドガー賞全集〔一九九〇～二〇〇七〕

The Edgar Winners〔1990-2007〕

ローレンス・ブロック他

田口俊樹・木村二郎・他訳

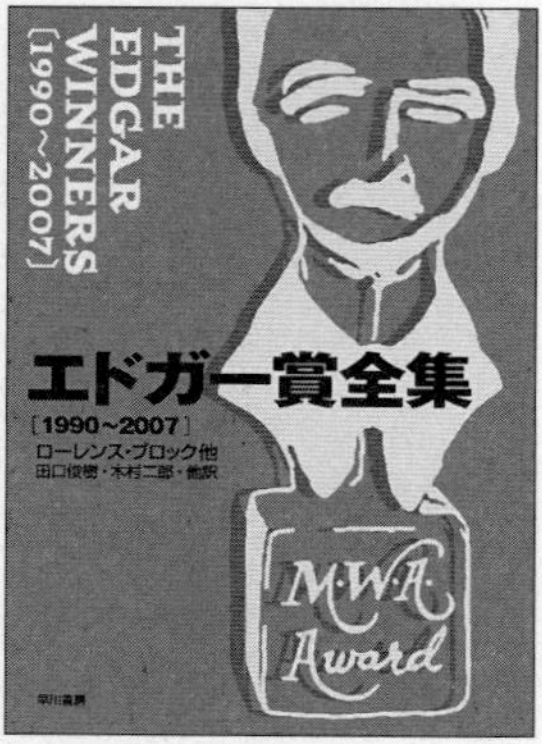

ミステリ作家であれば誰もが受賞を切望する――それが世界最高権威のミステリ賞、エドガー賞である。本書は、毎年もっとも優れた短篇に対して贈られる最優秀短篇賞の、一九九〇年から二〇〇七年までの受賞作を年代順に収録した日本オリジナルのアンソロジー。世界基準ともいうべき上質の短篇をご体感あれ！

ハヤカワ文庫

チャンドラー短篇集

キラー・イン・ザ・レイン
レイモンド・チャンドラー／小鷹信光・他訳

チャンドラー短篇全集1　著者の全中短篇作品を、当代一流の翻訳者による新訳でお届け

トライ・ザ・ガール
レイモンド・チャンドラー／木村二郎・他訳

チャンドラー短篇全集2　『さらば愛しき女よ』の原型となった表題作ほか全七篇を収録

レイディ・イン・ザ・レイク
レイモンド・チャンドラー／小林宏明・他訳

チャンドラー短篇全集3　伝説のヒーロー誕生前夜の熱気を伝える、五篇の中短篇を収録

トラブル・イズ・マイ・ビジネス
レイモンド・チャンドラー／田口俊樹・他訳

チャンドラー短篇全集4　「マーロウ最後の事件」など十篇を収録する画期的全集最終巻

フィリップ・マーロウの事件
レイモンド・チャンドラー・他／稲葉明雄・他訳

時代を超えて支持されてきたヒーローを現代の作家たちが甦らせる、画期的アンソロジー

訳者略歴　1909年生，1932年東京大学独文科卒，1997年没，英米文学翻訳家　訳書『ポケットにライ麦を』クリスティー，『Xの悲劇』『ドルリイ・レーン最後の事件』クイーン（以上早川書房刊）他多数

HM=Hayakawa Mystery
SF=Science Fiction
JA=Japanese Author
NV=Novel
NF=Nonfiction
FT=Fantasy

アデスタを吹《ふ》く冷《つめ》たい風《かぜ》

〈HM⑱-1〉

二〇一五年六月十日　印刷
二〇一五年六月十五日　発行
（定価はカバーに表示してあります）

著者　トマス・フラナガン
訳者　宇《う》野《の》利《とし》泰《やす》
発行者　早川浩
発行所　株式会社　早川書房
郵便番号　一〇一‐〇〇四六
東京都千代田区神田多町二ノ二
電話　〇三‐三二五二‐三一一一（大代表）
振替　〇〇一六〇‐三‐四七七九九
http://www.hayakawa-online.co.jp

乱丁・落丁本は小社制作部宛お送り下さい。
送料小社負担にてお取りかえいたします。

印刷・株式会社精興社　製本・株式会社川島製本所
Printed and bound in Japan
ISBN978-4-15-181101-2 C0197

本書は活字が大きく読みやすい〈トールサイズ〉です。